②

《格萨尔》

史诗

简明读本

降生人间

སྲིད་པ་འཕྲོ་གྲོལ་ཨ་སྒོ་བསྒྲགས་གླེང་།

རྟ་རྒྱུགས་ནོར་བཞེས་མདོ།

久美多杰 编译

青海人民出版社

图书在版编目（CIP）数据

《格萨尔》史诗简明读本.降生人间/久美多杰编译.--西宁：青海人民出版社,2019.2
ISBN 978-7-225-05762-0

Ⅰ.①格… Ⅱ.①久… Ⅲ.①藏族—英雄史诗—中国 Ⅳ.①I222.74

中国版本图书馆CIP数据核字(2019)第022688号

《格萨尔》史诗简明读本.降生人间

久美多杰　编译

出 版 人	樊原成
出版发行	青海人民出版社有限责任公司
	西宁市五四西路71号　邮政编码：810023　电话：（0971）6143426（总编室）
发行热线	（0971）6143516 / 6137730
网　　址	http://www.qhrmcbs.com
印　　刷	陕西龙山海天艺术印务有限公司
经　　销	新华书店
开　　本	787 mm × 1092 mm　1/32
印　　张	4.625
字　　数	50千
版　　次	2021年6月第1版　2021年6月第1次印刷
书　　号	ISBN 978-7-225-05762-0
定　　价	32.00元

版权所有　侵权必究

序

通识读物让史诗极尽担当
人类文明对话、互鉴之能事

意大利社会文化学家维科在他的《新科学》一书中提到的所谓人类文化史上的"英雄时代"已经离我们远去，但英雄依旧是每个人心中不朽的坐标，英雄时代留下的文化遗产依然是我们这个时代的宝贵财富。"英雄史诗"所折射出的智慧的光芒尚烛照着今天人类文明的天空，尤其是它留给我们的坚强意志、高远理想、利他思想、超凡的智慧、无我的精神和正义的意识均在"现代主义"思潮影响下滋生的个人主义价值体系和过分推崇物质生产及技术理性的痼疾面前显示出一种别样的优越性。有趣的是,历史总是在一往无前的进程中不断回眸自己的过去,每每在一段不平凡的发展历程之后,重新反思并加以调整自己,修身养性,乔装打扮,再次启程远航。

自20世纪60年代开始蓬勃发展的"后现代主义"思潮,可以被视为一种新燃的火把,某种意义上可称之为一种"后启蒙运动",让人们开始反省现代主义,重新审视理性、科学及人在生物界的地位、价值与角色。现代人又开始从古老的文明中寻找新的精神养分,以便治疗和拯救业已千疮百孔的人类的道德体系、价值构架和自然生态系统。此时,人们发现,历史不但可以作为"一面镜子"反观人类的足迹,而且在其留下的斑驳文化样态中包含着丰富的琼浆玉液,足以让人类遍体鳞伤的文明躯体得到滋养。在海量的人类早期文化和精神遗产中,史诗便是少数几个荟萃诸多古老文明元素和人类原始文明基因的熔炉之一。故此,史诗让我们看到了人类在口传社会不同族群间本已存在的贯穿不同历史时期的文化神迹:跨越时空的同质性思维模式、普世性人伦观念、人与自然和谐相处的法则,以及人类的创造性和创新性发展的智慧和勇气;也让我们看到了在遥远的年代,世界各民族早已在神话与史诗的文化样态中相遇。正如维科所认为的那样:起源于互不相识的各民族间的一致的观念,必有一个共同的真理基础。这就是在"口头传统"语境下远古人类所共同秉持的诸多智慧和理念(心头词典 mental dictionnary),如格言、谚语、神话和史诗等,这种公用的"心头语言"通用于古代的一切族群。然而,后来因"英雄时代"的终结和"人的时代"的开始以及受到理性思想的启蒙,人类逐渐忽略了同是一个生命共同体的事实。有幸的是,从本世纪初由联合国教科文组织倡导的"非物质文化遗产"和习近平总书记提倡的"人类命运共同体"的理念,使史诗这一古老的文化样态再一次尽显其积极向上的本色,为人类复归其"命运共同体"本位保驾护航,从而构筑起史诗在人类文明对话互鉴中应有的堡垒地位。

回望200多年前,当外界还对格萨尔的英雄故事及其被冠以"仲"这一古老的本土性文类的属性和内容大惑不解时，俄国人帕拉斯，法国人亚历山大莉娅·大卫·妮尔、石泰安，美国人罗宾·廓尔曼等西方学人的译介和其通俗化表达，使格萨尔史诗这一尘封已久的古老文化样态犹如一张少女的脸庞开始向外界露出了灿烂的笑容。暂且不论此，就在国内，主流社会对格萨尔史诗的认知也最早是从20世纪40年代开始，任乃强先生在1944年发表在《边政公论》第4卷上的《藏三国的初步介绍》一文成为国人了解格萨尔的开山之作。其中道："余于民国十七年入康考察时，即沃闻'藏三国'为蕃人家弦户诵之书。渴欲知其内容，是否即《三国演义》之译本，抑是摹拟三国故事之作？当时通译人才缺乏，莫能告其究竟。在炉霍格聪活佛私寺中，见此故事壁画一巨幅：楼窗内有男妇相逼，一红脸武士导人援梯而上，似欲争之。通事依格聪活佛指，孰为藏曹操，孰为藏关公，谓关公之妻为曹操所夺，关公往夺回也。此其事与古今本《三国演义》皆不合，故知其书非译三国故事。最近入康考察，由多种因缘，获悉此书内容，乃知其与三国故事，毫无关系。顾人必呼之为'藏三国'者,亦自有故。"可见用《三国演义》这一家喻户晓的通俗故事导读《格萨尔》，使当时的主流社会和民众在对《格萨尔》的理解和认识方面起到了望文生义、融会贯通的效果和作用。而这种方式，恰恰是通俗科普读物所特有的功能。

一个学科或一种文化与外界的对话接轨，首先离不开术语的接轨。后来西方世界通过借助 epic（史诗）这一关键性的术语，进一步摸索到了《格萨尔》的文脉本体，发挥了"柳暗花明"的效应。对于《格萨尔》这一重要的"文类"及其属性有了全新的认知。自 20 世纪 80 年代以来，经济的全球化、意识形态的多极化浪潮风靡全球,新轴心论者提出文化多样性,意在促进文明对话。在这种语境下，于 2001 年 10 月 17 日在巴黎召开的联合国教科文组织第 31 届大会上，与会的 140 多个国家和地区的代表，一致通过决议，将我国的格萨尔史诗诞生 1000 周年等全世界 47 个项目列为 2002—2003 年联合国教科文组织参与的周年纪念名单。《格萨尔》是我国列入该名单的唯一项目，这一文化也再一次脱离了本土语境，开始了与世界的对话和接轨，有了本土之外与他文化直面的历史机遇。这次《格萨尔》与世界的对话与接轨，不是异质文化间的简单对话，更不是原来意义上的重复性流布，而是不同文化间质的格义和交流，是不同理论学说之间的博弈。2006年和2009年《格萨尔》先后被列入国家级和联合国教科文组织人类非物质文化遗产代表作名录，这使《格萨尔》从一种民间流布的文化单元向政府间认可的文化范例华丽转身，并向世界正式亮相。2008年在给联合国教科文组织申报人类"非遗"名录的材料中阐述了当下学界对《格萨尔》文化价值新的评判和认知。其中认为：《格萨尔》是关于藏族古代英雄格萨尔王神圣业绩的宏大叙事，它是人类口头艺术的杰出代表和族群记忆、母语表达、本土知识、民间习俗、宗教信仰和文化认同的重要载体，也是藏族传统文化原创活力的灵感源泉。目前，除藏族之外它还流传在我国的蒙古族、土族、裕固族等其他民族之中，而且在印度、尼泊尔、巴基斯坦、不丹、蒙古、俄罗斯等国家也有流传。因此，它是中国族群文化多样性和人类文化创造力的生动例证。

然而，当下对格萨尔史诗的理解和认知依然停留在为数不多的浅尝辄止的译介作品上面。无论是口头的还是书面的，多数文本仍然用民族语言文字传承、传播。显然，语言的壁垒成为外界进一步理解这一古老而伟大史诗不可逾越的一道鸿沟。随着人类文明间互动对话的加强，外界对于深入全面了解格萨尔史诗的期盼和热情也在不断高涨，对格萨尔史诗的译介推广工作提出了新的要求，通识读物的出版无疑是普及格萨尔知识最直接而又重要的方式之一。当然，这也应该是一种社会共识。我们欣慰地看到，久美多杰作为一名年轻的学者，他凭借在文学方面深厚的素养和通晓藏汉两种文字的优势，怀揣梦想和责任感，将这一工作主动承担起来，为《格萨尔》的传播极尽勤奋之能事，着力推动民族优秀文化的普及和弘扬，于国于民都是件有意义的事情。故此，作寥寥数文，以为序。

诺布旺丹

于中国社会科学院

2019年4月10日

诺布旺丹，博士，研究员。中国社会科学院民族文学研究所藏族文学研究室主任，全国《格萨尔》领导小组办公室主任，中国社会科学院《格萨尔》研究中心主任。

一

在很久以前,雪域高原的黄河、长江、澜沧江流域有个岭国。它分上、中、下三部,上部叫岭嘎朵,也是岭国的西部,地方宽阔,风光优美,远远看去好似炒熟的青稞撒在碧绿的原野上;下部叫岭嘎麦,位于岭国东部,地势平坦,像海面凝结着冰层,在阳光照耀下灿烂夺目;中部叫岭雄,广袤的草地烟雾缭绕,仿佛少女披着一袭轻纱。岭国各部民众居住的帐篷和房屋,像群星撒满大地。

岭国的周边有不少国家,它们是:东北部的霍尔国,西北部的魔国,南面的姜国,姜国附近是门国,岭国的东面有嘉那国。

岭国当初只是一个部落,首领叫岭嘎尔·桑贝顿珠。他有三个儿子,长子名叫曲拉潘,次子名叫阳拉潘,幼子名叫曲潘那布。有一天，部落首领对几个儿子说："大儿子曲拉潘去山上，二儿子阳拉去山脚，小儿子曲潘纳布去湖边，我要看看你们能找到什么东西。"

三个儿子各自去了父亲指定的地方。

大儿子回来说："我捡到了一个镶有八颗宝石的金戒指。"

二儿子回来说："我只拾到了六根柽柳木。"

小儿子回来说："我得到了一个箭筒，里面装有六支箭。"

三个儿子把自己找到的东西交到父亲手里，问道："难道，这有什么说法吗？"

父亲就对几个儿子唱道：

三个孩子请细听——

老父昨夜做了一梦：

沟脑有座雪山，

在金色阳光的照射下，

更显高大直插云天，

周围环绕八座冰峰。

沟中部有个湖泊,

湖面上结着冰层,

岸边生长柽柳树,

周围淌着六条河;

谷口有肥沃的农田,

地里六谷长势旺盛,

穗头粗大金黄,

颗粒饱满而均匀。

我还梦见四水汇集之处,

小儿子曲潘那布在那里,

呈献黄金曼陀罗,

耀眼的光芒照亮四方,

驱散了大地的黑暗。

又梦见一只白狮在山巅,

压伏了远近的兽类,

并用四爪奋力刨地,

不停抖动着绿色鬃毛。

聪明能干的孩子们,

请根据自己心得,

解释一下我的梦吧!

儿子们面面相觑,谁都不吭声。这时,他们的母亲董萨·曲措卓玛给父子四人端来茶和酒肉,给每个儿子脖子上挂了一条哈达,然后唱起了解梦的歌:

你昨晚的梦境,

除了我董萨以外,

没有人能够解释。

沟脑有座雪山,

雄伟高大与天齐,

金色太阳照在上面,

象征着九百金顶城堡;

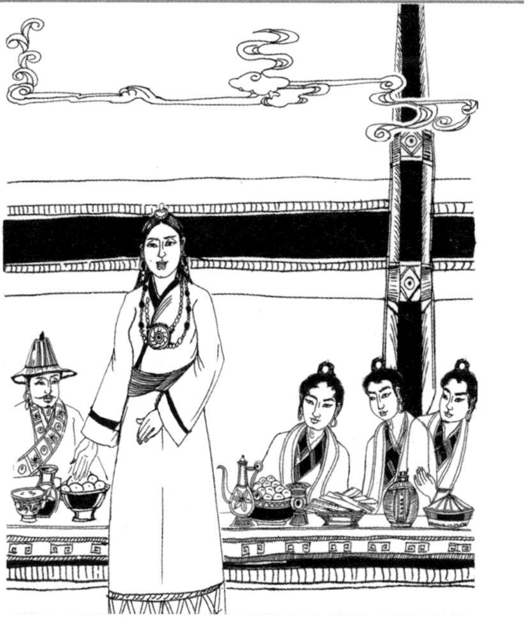

八座冰峰围绕着它,

预示将有赛氏八族部落,

长子曲拉潘捡到金戒指,

上面镶有八颗宝石,

预示着统治岭上部的赛氏八族,

岭国长系将在那里繁衍,

长子你应该去那里发展!

沟中部有个湖泊,

象征着九百顶黑色帐篷,

湖面上结了冰层,

岸边生长柽柳树,

周围淌着六条河,

预示将有翁布六族部落。

次子阳拉潘拾到六根柽柳木,

预示着统治岭中部的翁布六族,

岭国仲系将在那里繁衍,

次子你应该去那里发展!

谷口有肥沃的农田,

象征着九百个灰色寨子,

地里六谷长势旺盛,

穗头粗大金黄,

颗粒饱满而均匀,

预示将有穆绛四族部落,

幼子曲潘那布得到箭筒和六支箭,

预示着统治岭下部的穆绛四族,

岭国幼系将在那里繁衍,

幼子你应该去那里!

在四水汇集之处,

小儿子呈献黄金曼陀罗,

象征幼系部落的后裔,

将来居住在形似曼陀罗的地方;

灿烂的珠宝在其顶部,

象征君王地位崇高;

金色的光芒照射天空,

驱除大地的黑暗,

雪山雄伟高大与天齐,

预示着将来岭国要崛起;

一只白狮在山巅,

预示将要诞生名叫雄狮的人;

压伏远近的兽类,

预示妖魔夜叉将被征服,

黑发人由他来统治;

四爪奋力刨地,

预示将会制服四方强敌,

抖动着绿色鬃毛,

预示世界各地要充满吉祥。

后来,他们夫妻给三个儿子娶了媳妇,让他们分别迁居到上述三个地方。长子曲拉潘娶赛措玛为妻,住在上部地带,繁衍发展成为赛氏八族,被称作岭国长系部落;次子阳拉潘娶欧措玛为妻,住在中部地带,繁衍发展成为翁布六族,被称作岭国仲系部落;幼子曲潘那布娶邦措玛为妻,住在下部地带,繁衍发展成为穆绛四族,被称作岭国幼系部落。

长子曲拉潘与赛措玛生了赛尉·尼奔达雅、塔巴贝南木、伍乙潘达,又从达戎部落娶了一个妃子生下达戎超同。超同娶了旦隆和阿隆吉两个妃子,生下东赞囊欧阿贝等三个儿子和女儿超姆措,他另立门户,发展成一个新部落,自封为达戎部落首领,被称作岭国达戎系部落。

次子阳拉潘与欧措玛生了翁布·阿努巴森、翁布·江赤昂钦、珠嘎德·曲炯尉那、雅释森达毅木等四个儿子。

幼子曲潘那布与邦措玛生了吉本·戎擦查根、穆布·仁钦达鲁、森伦嘎玛日嘉等四个儿子。其中,吉本·戎擦查根因为胸怀宽广,公道正派,智勇双全,爱护民众,被岭国各部推选为总管王。

在《格萨尔·英雄诞生之部》其他版本中,对岭国王族世系是这样记述的:上溯董氏部落的历史,这个部落的第一代首领名叫曲潘那波,他娶了赛萨、兰萨、绛萨三位妃子，赛萨生的儿子名叫赛尉·拉雅达嘎，兰萨生的儿子名叫赤江巴杰，绛萨生的儿子叫扎嘉奔梅。从这三个儿子开始，董氏部落繁衍形成了长、仲、幼三个支系部落。幼子扎杰奔梅的儿子是托拉本，托拉本的儿子是曲拉本，曲拉本娶了戎萨、嘎萨、穆萨三个妻子，其中戎萨生的儿子名叫戎擦查根，是一位很有声望的大班智达的转世，他自小聪明睿智，是非分明，处理事务有尺有度，长大后有勇有谋，带领部众惩治强暴、保护弱小，受到人们的尊敬和爱戴，成为岭国各部的总管王；嘎萨生的儿子名叫玉嘉，在霍尔国与岭国之间发生的一次冲突中英年早逝；穆萨生的儿子叫森伦，他性格温和，言谈谦逊，心地宽厚，举止文雅，思维敏捷，深受人们的喜爱。

吉本·戎擦查根娶蕃萨·梅朵措为妻，生下三子一女。长子叫玉潘达杰，次子叫愣巴曲杰，幼子叫囊琼玉达，女儿名叫拉姆玉珍。

森伦娶嘉萨·拉嘎卓玛为妻，于藏历水牛年十二月十五日生下一个儿子。这孩子举止风范非同一般,胸怀坦荡,武艺超群,爱憎分明,他对凶恶的外敌如同毒刺,在亲人和民众面前就像丝帛。在家族中的人称他为霞鲁尼玛让夏(意为"面容好似旭日东升"),岭国各部落的人们叫他奔巴·嘉擦霞嘎。他出生后,整个部落为他举行了十三天的庆祝宴会,叔伯们祈祷祝福,妇女们唱歌跳舞,场面非常隆重,气氛好不热闹。

这天,长系部落首领拉布·南喀森格、仲系部落首领岭钦·塔尉索南和幼系部落首领吉本·戎擦查根,每人把一条吉祥的哈达搭在嘉擦的脖颈上。随后,吉本·戎擦查根对众人说道:"这个孩子的诞生,是良机成熟的开端,是福运来临的吉兆,是权势增长的前奏,是制服外敌的预示啊!请大家用心听我的歌吧!"说完他便唱道:

在岭国吉祥的大地上,

若不知这是哪里?

此处是达塘查姆集会广场。

在宽敞方形的营帐中,

若不识我为何人,

是总管王吉本·戎擦查根。

长、仲两系首领来帮腔,

三位首领齐声把歌唱。

今天空中吉星高照,

良辰佳日充满喜庆,

举办嘉擦的出生宴会,

岭国人都在唱歌跳舞,

上师洗礼诵经祈寿,

姑嫂献上美好祝愿,

叔伯欣喜笑语开怀。

借此,我想重提岭国的传统——

自从曲潘那布始,

齐心协力御外敌,

同甘共苦求兴盛;

美味食物一起吃,

大家分享无偏私。

岭国地域有六大部:

分为长、仲、幼三系,

并非地位有高下,

只是出生分前后;

同是曲潘的子孙,

宗族始终没变化。

雪山之顶的小白狮,

玉鬃与山峰争高低,

从未想过去村落里游荡;

天空中的小青龙,

总在云中发出长啸,

从未想过到大地上流浪;

赭面蕃人的后代,

只有共御外敌的决心,

从未想过因私利乱大局。

金色的太阳照射四方,

给四大洲送去温暖,

夜空中如果没有月亮,

星辰再多也一片黑暗。

岭国拥有十二大城堡,

周围却是四个魔敌,

征服者必定属于我们。

长、仲、幼三个支系部落,

降生什么样的君王是天机,

但是所有人都期盼着,

出现一位非凡的人物。

愿这王族的金色太阳,

光芒普照岭国的疆域!

听他唱完,岭国各部都设宴庆祝,盛况空前。

嘉擦霞嘎在一天天长大。等到他成年的时候,东方嘉那的舅父把三个外甥——姜国的聂赤噶钦、霍尔国的拉布勒波和岭国的奔巴·嘉擦霞嘎请到自家,给他们每人赠送了一匹骏马、一把宝刀、一副铠甲,还有金银、茶叶、绸缎等礼物。然后他唱道:

东方嘉那的良马,

送给三位外甥当坐骑;

天神制造的铠甲,

赠给三位外甥作护身;

削铁如泥的宝刀,

赏给三位外甥镇敌军;

金银绫罗和茶叶,

庆贺的礼物有百件,

略表甥舅会面之情。

须弥、大海和首领,

最好是稳固不动摇;

话语、妻室与箭矛,

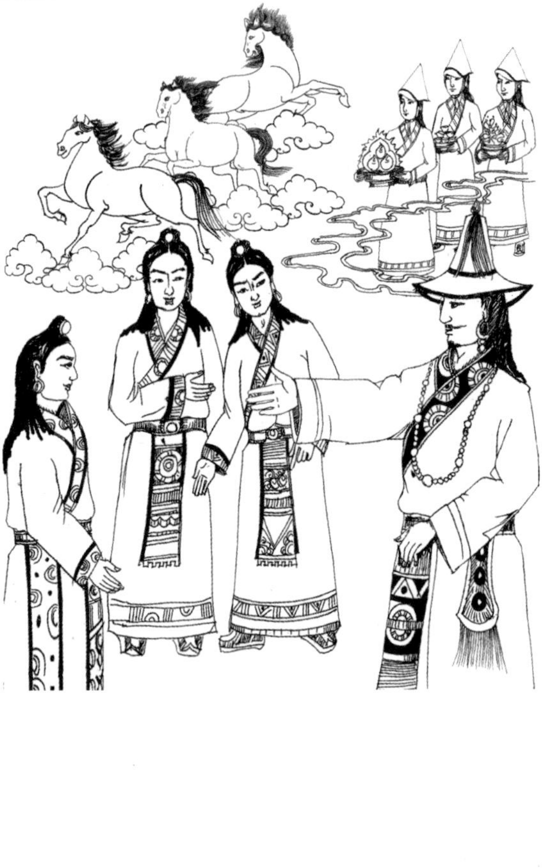

最好是正直不弯曲；

词讼、长弓及套索，

最好是柔韧不生硬。

作为一个部落的首领，

发生骚乱要沉着应对，

遇到强敌需果断出击，

胸怀宽广如同那虚空，

智慧权变像日出东山，

对待弱者要情比父母，

分辨是非得快刀劈竹，

处理事务时贵在公正，

独断专行可不能成事。

嘉那的三位外甥，

你们一定要牢记：

亲人之间不能争斗，

兄弟三人要共存荣，

就像三把宝刀齐入鞘，

三匹战马同拴一个桩。

三位外甥听了这歌，心中无比欢喜，他们在亲切祥和的气氛中与舅父告别，率领随从返回各自的国度。

嘉擦霞嘎离开岭国去嘉那的那段时间，岭与邻近的果部落之间发生了一场冲突。在这次冲突中，果部落的十八个部族被岭军荡平，而岭国总管王的儿子愣巴曲杰让果部落的人给杀了。

嘉擦霞嘎回到岭国以后，各部首领对他隐瞒了这件事。有一天，嘉擦霞嘎外出打猎，在山泉旁边猎杀了一只鹿。这时，恰好有流浪乞讨的母子二人从近旁路过，他们认出眼前的人就是嘉擦霞嘎，便把岭国与果部落之间发生的战事毫无保留地讲给他听，还说："眼下，岭国各部的人们都在说嘉擦霞嘎从嘉那回来后一定会去报仇。"

嘉擦霞嘎听了这话就像万箭穿心。他给母子二人分了很多鹿肉，然后立即去拜见总管王吉本·戎擦查根。他说:"伯父总管王啊,您谋事不成起纠纷,头脑简单做蠢事,我哥哥愣巴曲杰阵亡的事实,您还要隐瞒到什么时候?"说完,他便唱道:

众人都说您英明,

可我觉得非常糊涂;

堂哥愣巴曲杰他,

不该和果部落打仗;

事情到了这一步,

嘉擦要去报仇雪恨。

我是雪山上的雄狮,

体格健壮鬃毛丰满,

捕捉猎物吃肉时,

不用狐狸来帮忙;

我是森林中的猛虎,

全身斑纹早已显现,

痛饮凶兽热血时,

无需豹子来助援。

我要独自一人去果部落,

撕开仇敌的胸膛,

挖出凶手的心脏,

让他们的牧场变为荒野。

嘉擦霞嘎决意要独自前去复仇,但是总管王不愿让他一个人去冒险,可又不好直说。于是,他便唱道:

无敌勇士你别急躁,

我有话要慢慢说:

去年与果部落争牧场,

虽然议和但又起冲突。

我军猛将接连出击,

愣巴曲杰虽遭不幸,

敌方男人几乎杀尽,

只剩寡妇空守荒野。

唯有热洛·敦巴部落,

莲师和龙王在保佑,

天龙厉神始终庇护,

因此没有找见他们。

董氏族谱中有预言:

"当大海里的摩尼珠宝,

从胜利幢顶被老鼠窃去时,

我们的夙愿一定能实现。"

反复分析也真有因缘,

一个计谋遭到失败,

不能终生抱着复仇之心。

有个不可告人的秘密:

一是龙王的小公主,

二是龙畜福角母牛,

三是龙界的廷肖大帐,

四是龙宫十六卷《济龙经》,

这几样稀有宝物，

在热洛·敦巴坚赞手中，

如果归咱们岭国所有，

今后一切伟业将自然成功。

这事你要牢记在心，

绝不可鲁莽单独行动。

出征果部落需周密部署，

征伐就要率七万大军，

达戎斯潘在侧面掩护，

丹玛大将紧跟作后卫，

只要众兄弟并肩齐心，

嘉擦霞嘎可不战而胜。

叔侄二人商定以后，便向岭国上、中、下三地各个部落派遣使者，给他们发出了准备进攻果部落的命令。第三天，天刚放亮的时候，各路人马已经在达塘查姆广场集合。

这时，达戎部落首领超同在想：侄子嘉擦霞嘎这人勇猛无比，敢于赤手空拳跟狮虎搏斗，由他率领大军去攻打果部落，肯定能一马荡平，会把莲花生大师寄存在热洛·敦巴坚赞那里的龙王奏纳仁钦的小公主和所有龙界宝物全部夺过来，他的英勇事迹将在雪域大地永世流传，我得想个办法阻止才好。于是，他写了一封密信，拴在箭杆的颈部，对它念诵迅速飞往果部落热洛·敦巴坚赞家的咒语，然后射了出去。信中写道：

果部落热洛·敦巴坚赞首领：

达戎首领超同有事要禀告你：为了给总管王之子报仇，奔巴·嘉擦霞嘎将要率兵七万去攻打你们。若想抵抗，绝不会有好下场，还是趁夜晚逃往险要的地方避难为好。我这次冒险救了你们，日后若有事相求，切勿忘记！

热洛·敦巴坚赞看完信，明白超同的意思，他急忙通知果部落所有的牧民连夜逃走了。在避难的路上，龙界延肖恭古大帐和十六卷《济龙经》等宝物,不论是骡子还是马都驮不动,因此,就只好让龙畜福角母牛去驮。

这天夜里,他们沿着霍尔国的地界向北逃跑。因为是夜间行走,那头龙牛驮着宝物转身走了回头路,除了龙王奏纳仁钦的小公主以外,谁也没有发现这一情况。她几次跑到前面去拦截,都没能把龙牛拦住。后来,她下马徒步跑上前去挡,仍然没能让龙牛掉头,而且连自己骑的马也给跑丢了。在黄河河谷的一片荒野上,小公主终于追上了龙牛。奇怪的是,她去追赶时,龙牛也向前跑,她停下来时,龙牛也不跑了;后来,小公主又饥又渴,疲惫不堪,一不小心跌倒在地。她忍着疼痛爬起来,继续追着龙牛。

岭军来到果部落的土地上,发现各家各户除了灶台以外什么都不剩。看到这个情景,嘉擦霞嘎、森达、丹玛等说:"他们逃到哪里,我们就追到哪里。"也有人说:"现在连他们逃往哪个方向都不知道,这么多人马,除了白白受苦,不会有什么结果,还不如回去的好。"对此,总管王心中有数，他说道："岭军这么多人马，哪有空手而返的道理。森伦你先卜一卦，先看看卦象咱们再做决定。"

森伦拿箭来卜了一卦道："再往前走一顿饭工夫的路程，一位美丽俊秀的姑娘，一头驮着如意宝的牛，将与我们迎面相遇，刀无须出鞘，箭不必上弦，在免于交战的情况下一切会轻易得手。"

听了这话，超同暗想：刚才这卦很稀奇，说不定最后预兆要落到我的头上。但今天的这个卦注定不会灵验，我得先幸灾乐祸一番。他说道：喂！在这旷野里，如果真有刀不出鞘、箭不上弦就能得到战利品的好事，那就全给你森伦做打卦的报酬算了。"总管王说道："达戎首领超同的这个主意不错，大家现在就烧茶、煨桑！"

于是，大家都去寻找煨桑用的燃料和香草等。不一会儿，便捡来树枝、小叶杜鹃、香柏、沙柳、凤尾草等一百驮，堆在一起燃起了桑烟。浓浓的烟雾布满了整个天空。总管王说："今天的缘起很好，这是英雄嘉擦霞嘎第一次出征，森达阿冬你是岭国战神依附的'堡垒'，由你来呼唤神灵，唱战神附体的歌！各位英雄猛士也佩戴好头盔和铠甲，拿起刀枪和弓箭，列阵助威。"

遵照总管王的吩咐，无敌英雄森达阿冬以白人、白马、白盔、白缨、白甲、白背旗的形象，手持白矛、白幡、白套索，用九种白色装扮得如同天神下凡一般，按英雄逞威曲调唱起歌，其他将士发出呐喊声，人们祈祷尽快追上热洛·敦巴坚赞及其部落人马，如愿取得胜利。

再说龙王奏纳仁钦的小公主追着龙牛继续往前走，想着把牛拦住后歇息一会儿。但是，在这旷野上根本无法把龙牛拦住。她心里很着急，伤心地坐到地上，眼泪夺眶而出。因为过于困乏而睡着了。她梦见一个身穿丝绸衣裳的男孩递给自己一个装满牛奶的玉桶，说道："这是姐姐捎给你的，喝了它就赶快去追龙牛吧！你流落人间，成就利生事业的时机已经到来……"

小公主从梦中醒来时，那小孩已经不见了，只有盛满牛奶的玉桶在眼前。她知道这是父王、母后和姐姐们送给她解渴的奶汁，于是喝了奶继续去追龙牛。当她来到果

降生人间

部落的达尔吉隆多沟口时,就像事先约好了一样,岭国的人马也刚好到达了这里。看见眼前这位美貌端庄的姑娘,超同情不自禁地走上前说道:"好啊,眼前这位仙女般的姑娘,你是从哪里来的?我们今天要去果部落报仇,请你告诉我们该怎么走才能找到他们?"

小公主心想:我不能把果部落的命运交到这些人手里,除了我本人的身世来历之外什么都不能告诉他们。可是,我又怎能对别人说谎呢?事情已到这个地步,也无法隐瞒什么了,不管怎样,恐惧和担忧是没有用的,那就听天由命吧。于是,她把自己的身世来历和今天的遭遇如实地告诉对方,然后准备跟随龙牛离去。

此时,总管王说道:"我们出征的目的已经达到,再也没有比这更好的结局,现在可以班师返回岭国了。"

森伦开口说:"咱们有言在先,这次出征所得一切战利品将作为卜卦的报酬要给我的,这姑娘应当归我了。"

超同反驳说:"这姑娘是我最先发现的,野地里得到的东西,哪有作为取胜的酬礼送给别人的道理?这姑娘应该由我领走。"

正在这时,岭国公证人威玛拉达出面调解道:"这一切都是热洛·敦巴坚赞的人和家财,俗话说:'话已出口快马难追,箭离弓弦双手难捉。'依我看,龙界十六卷《济龙经》和延肖恭古大帐应当作为岭国的公有财产留下来,而这姑娘和龙牛可以归森伦所有。"听到这话,众将领都说同意,超同心中很不乐意,但也没有别的办法。

在起程返回岭国时,他们打算让小公主骑一匹马,却没有鞍子。见大家束手无策,小公主说:"去年夏天,我为了散心解闷来过这里,当时看到从那边的白岩洞中出来一个男孩,他把一副配有玉辔的金鞍子送给我,并说:'你不要把这鞍子拿到别处去,也不要让别人看见,将来会有用着它的时候。你把这些先存放在这里,我来替你保管。'现在突然想起来了,不知道还有没有,我去看看吧。"说着走进岩洞里一看,马鞍子果然原封不动地放在那里,小公主和岭国将士们都异常兴奋,立即备鞍上马,朝着岭国走去。

小公主跟着森伦走进他家帐篷,里面立即充满了光芒。森伦的妃子嘉萨·拉嘎卓玛看到眼前这姑娘的姿容和气质哪方面都比自己强,她心中顿时产生嫉妒和不快。

总管王心想:嘉萨·拉嘎卓玛是一个心胸狭窄的女人,小公主若能同她生活在一起,根据上师的密意和空行母的预言,还有白天的征兆和夜间的梦境来看,将来一定会有一位神子降生在岭国。神子的母亲肯定就是这位来自龙宫的公主。神子诞生以后,要是能同嘉擦霞嘎在同一个家庭,两人都会长寿。如果两人分开居住,嘉擦霞嘎能不能终其天年就很难说了。

总管王吉本·戎擦查根心中虽然这样想,但却没有把话说出来。后来,嘉萨·拉嘎卓玛依仗自己的权势,提出要跟小公主分家过日子。于是,他们就分了家。小公主带来的龙界延肖恭古大帐已经归了公,森伦把一顶小帐房和炊具、餐具、卧具等生活必需品分给了她。龙畜福角母牛因为只让小公主挤它的奶,所以也让小公主牵了去。他心想:小公主是天界智慧空行母的化身,无论遇到什么情况都不会受罪的。

后来,总管王出面对森伦分家的事做了这样的调整:小公主的帐房搭在嘉萨·拉嘎卓玛帐篷的后面,森伦跟小公主结为夫妻,再没有权利动用嘉萨·拉嘎卓玛帐中的财产。牛羊马匹等由嘉萨·拉嘎卓玛任意挑选最好的,她只分给小公主那头龙畜福角母牛和一匹骡马、一只母绵羊、一头母犏牛。后来,这四种家畜被誉为出嫁姑娘的立足之本,"吉祥福运四畜"的说法,就此传了下来的。

对于嘉萨·拉嘎卓玛把小公主赶出家这件事,儿子嘉擦并不赞成,他对母亲说:"这姑娘不管是好是坏,阿妈把她赶出家门,住在咱帐篷背后,这不是什么好的兆头。"说完扭头就走了。

此后,龙王奏纳仁钦的这位小公主取名叫果萨拉姆,简称果姆。她的小帐房,则被人们称作"哲策阿敦。"

有一天,果萨拉姆到湖边散心,看到清澈的湖水和岸边百态千姿的花草,不由想起了水下龙宫和父母亲友等。于是,她唱起哀怨之歌:

从下界龙宫来到人间,

却像野狗一样漂泊,

想想自己的处境,

公主我伤心欲绝。

父王啊!您是否记得,

曾经说过的话——

"为了蕃地众生的利益,

你要跟随莲师到人间,

不论多远我都会来看望，

让你生活得幸福快乐。"

现在，您难道成了湖底的石头吗？

未闻龙宫的讯息已经三年，

在这个完全陌生的世界，

我是举目无亲的孤儿，

没有依靠的公主真可怜。

父王您能听见我的话吗？

现如今我不论身在何处，

不见亲人就会失去保护，

没有上师容易迷乱方向。

父母如果能听见，

就快来帮助我吧！

要是你们置若罔闻，

我从此只好独立行事。

她唱完歌，心中十分悲痛，两眼泪水汪汪，独自伫立在湖畔四处张望。

龙王奏纳仁钦听到小公主的声音,立即变化成一个绿色的人形,骑着一匹绿马,出现在湖面。他来到小公主面前说:"我的好女儿呀,请你不要抱怨!莲花生大师没有把你忘记,我和你母亲更是时时刻刻都在惦记着你,怎么会轻易遗忘了你呢?"说着他唱道:

国王虽在宝座上,

常有近臣来侍奉,

如果乞丐有苦难,

他也会感到痛心。

我心爱的女儿呀,

你晓得这个道理。

太阳温暖大地,

乃宇宙的法则;

草山夏绿秋黄,

是自然的规律;

你去人间生活,

命中早已注定。

享受着人间美味,

你还觉得很清苦,

真是不知福乐呀!

月亮运行在天空,

专门驱逐黑暗;

石山屹立于大地,

一年四季不变色;

公主离宫赴人间,

那是上师的旨意。

我心肝般的女儿啊!

请你不要烦恼多虑,

有位旷世英雄,

将要诞生在你身边,

父王我心中十分欢喜,

祥端马上就要降临了。

龙王唱罢，把一件如意珠宝交给小公主，叮嘱她要把珠宝时常佩戴不离身，然后回到了湖中。

这时，果萨拉姆感到浑身温暖舒适，心境纯净明亮，她很快进入了梦乡。在梦中，一朵白云从西南方向飘来，降到她的眼前，云朵上的莲花生大师将一柄五股金刚杵置于果萨拉姆头顶，用梵音作了如下授记：

在轮回痛苦的海中，

只要有舵手引渡，

就可到达彼岸得解脱。

姑娘虽然离开了父母，

我莲花生却在护估，

今后诸事都能如愿。

明年初夏吉祥的时日，

将有神子下凡来投胎，

他会成为雪域的君王，

是周边魔敌的征服者，

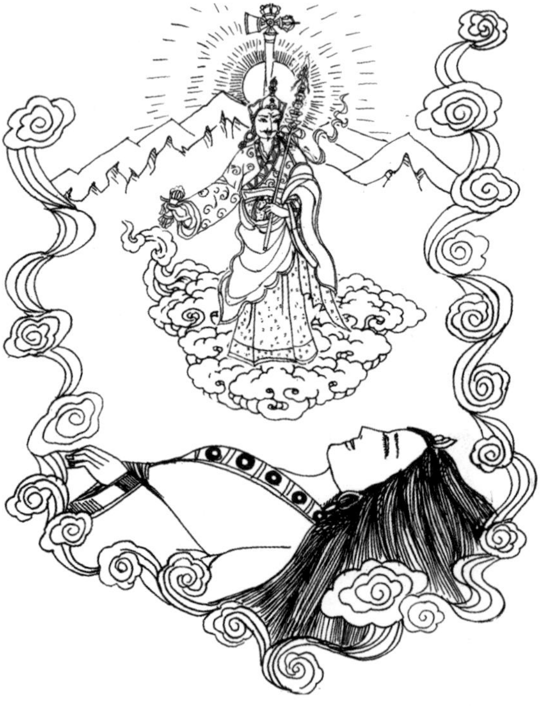

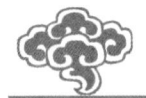

众多邦国由他来统治。

金刚无畏天神子,

不到降生的时辰,

母亲着急也没用,

请你安心等待吧!

    莲花生大师刚唱完,果萨拉姆也睡醒了。她心情非常愉快,全身无比舒适。回想刚才的神奇梦境,不禁地流出感动的眼泪,对莲花生大师产生了更加坚定的信仰。

    四月初八晚上,果萨拉姆与森伦睡在一起时,梦见一个肤色金黄、身穿金甲的英俊男人钻进她的怀里,他以欢喜之心与她同眠,使果萨拉姆感到无比快乐。黎明时分,一个与上次莲花生大师置于果萨拉姆头顶的金刚杵一模一样的金刚杵闪着金光隐入了她的头颅。梦醒后,她感觉全身心充满了前所未有的舒适和愉悦。

    在之后的九个月零八天的时间里,战神化为日月和光明守护着果萨拉姆胎内即将诞生的圣婴,各路方护神、山神也在不分昼夜地保护着果萨拉姆。有人听见她的帐篷里不时传来美妙的歌声，有人在夜里亲眼看见帐篷周围发出神奇的光芒。

到了虎年十二月十五日这天，果萨拉姆身体变得像绒毛一样轻盈，而且内外透明。太阳刚刚升起时，天空中发出一道白光，白光中出现一位长着金翅鸟的头、手持白缨长矛的白人。他对果萨拉姆说："我是您的长子，名叫东琼嘎布，是即将出生的神婴的哥哥，是将来附在他白盔顶上的保护神，以后请用三种甜品来供养，我会与弟弟形影不离。"说完闪着虹光消失在空中。

接着，果萨拉姆腹中的胎儿给母亲唱道：

在母亲您的胎宫里，

婴儿已经发育成长。

南天青龙自有功力，

想把雷声传遍宇宙，

如果没有云雾协助，

无法降下甘雨解旱。

雪山雄狮自有威力,

想让百兽俯首称臣,

如果峰顶不存积雪,

就跟野狗没有两样。

我是母亲的好儿子,

要把南赡部洲统治,

如果没有将臣辅佐,

孤身难以安邦治国。

神子我受命来做君王,

第一要有广阔的领土,

第二要有办事的将臣,

这些条件是否都具备?

第三要有守法的民众,

第四要有支持的亲属,

第五要有无尽的财宝。

如果具备这些条件,

神子马上就要出世,

否则还得另做选择。

果萨拉姆听到这话,就像孔雀听到雷声一般,心中产生了无比的喜悦,她随即唱道:

两河并流永不停息,

两岸草坪平坦如毡,

两山对峙就像双箭,

这是上师莲花生,

授记孩儿出生之地。

在晴朗的天空下,

阳光照耀大地的时候,

不会无人去享受;

在龙宫的宝库里,

如意珠宝到手的时候,

不会无人去珍惜;

在广阔的田野上，

等到谷物成熟的时候，

不会无人去收割。

天鹅飞到北方去，

只要有强劲的翅膀，

湖泊纯净任你栖身；

鱼儿尽情水中游，

只要有灵敏的动作，

大海广阔任你畅行；

杜鹃若想来雪域，

只要有觅食的绝技，

树上果实任你采撷；

受命下凡做君王，

只要英明而又勇武，

民众定会向你归顺。

果萨拉姆刚唱完歌，一个看上去三岁左右，两只眼睛闪着光的非常可爱的婴儿,在她没有任何疼痛的情况下从密处降生。莲花生上师出现在那里,他立即给这孩子灌顶、喂长寿水、抹颚酥,授以婴儿金刚不坏之体。玛杰邦惹(阿尼玛卿)山神献上了百味食品,格佐念神用花绸把婴儿包裹起来。随后,果萨拉姆胸口发出一团蓝色之光,从里面显现一个人身蛇头的婴儿,对果萨拉姆说:"我是您的第三个孩子,是刚降生的神婴的弟弟,名叫鲁珠沃琼,是将来附在他白甲上的保护神,以后请用三种素食来供养,我会与哥哥形影不离。"说完便金光闪闪地端坐在半空中。

接着,从果萨拉姆的肚脐处发出一道虹光,显现一位肤色白里透红、身穿鹫鸟毛色衣裳的女婴,对果萨拉姆说:"我是您的第四个孩子,是刚诞生神婴的妹妹,名叫塔蕾沃嘎,是将来围绕他坐骑的战神,以后请用酒来供养,我会与哥哥形影不离。"说完也飞往高空。

这时,莲花生大师用真谛妙语,唱起祈愿吉祥的歌:

神子降生在人间,

与大悲自在观世音，

无始智慧文殊师利，

密宗主金刚手菩萨，

自然心性毫无分别，

但愿世界吉祥得安宁！

我莲花生的变化身，

谁也不能区分开来，

为了承受众生的苦难，

神子到尘世间立业，

祝你万事任运成就，

但愿世界吉祥得安宁！

唱完歌后，天空中众神奏起仙乐，洒下缤纷花雨，出现了彩虹的宫殿。莲花生大师为婴儿取的名字叫"世界至圣制敌珍宝格萨尔"。

就在这一天，果萨拉姆仅有的四头牲畜——龙畜福

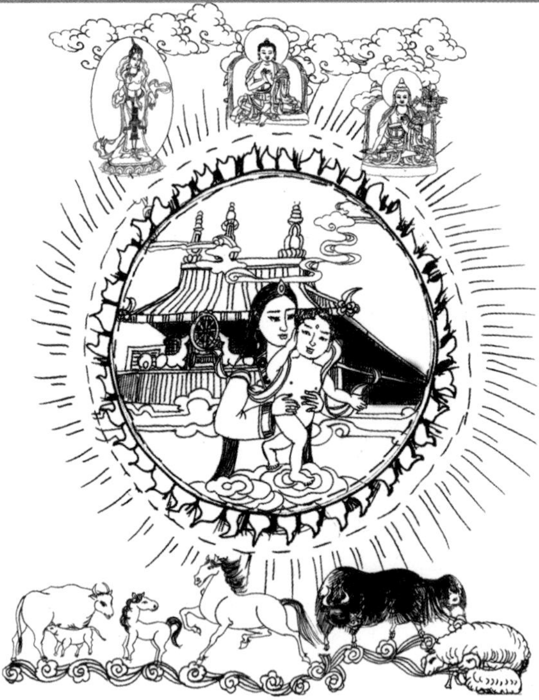

角母牛、母绵羊、母犏牛和骒马，也都生犊产羔下了驹。天空中电闪雷鸣，花雨纷降，出现了许多奇异的瑞兆。

嘉萨·拉嘎卓玛看到这个情景，不知道发生了什么事，赶紧跑到果萨拉姆的小帐房中探看，发现她生下一个可爱的孩子，心里很不高兴，嘴上说道："我把这孩子抱到嘉擦霞嘎跟前，让他看看吧！"说完从果萨拉姆怀里接过孩子抱走了。

果萨拉姆跟着来到她家里。嘉擦霞嘎一见孩子，心中无比高兴，便问道："这是谁的孩子？"嘉萨·拉嘎卓玛回答说："这是果萨拉姆生的儿子，谁知道他是福星还是祸害呢！"

嘉擦霞嘎把婴儿接到自己手里，说："太好啦！我的愿望实现了。祈愿我这个弟弟，将来顺利完成除恶扬善、宏法利生的伟大事业！这孩子跟正常人不一样，今天刚生下来有三岁那么大，在穆波董氏部族的子孙里，还从来没有出现过这样的神童，我们应当用白母狮的乳汁喂养他。以后，我兄弟二人不管做什么事情，都没有任何顾虑了。

所谓：'兄弟二人和睦是杀敌的锤子，两匹骒马搭配是发家的基础'，说的就是这个道理。快给孩子穿好衣服，喂一些干净的素食吧！"说着他满心欢喜地同婴儿行了碰头礼，然后把婴儿放到果萨拉母怀里了。

这婴儿也对嘉擦霞嘎表现出非常喜欢的样子。嘉擦霞嘎心里一动，随口就说："我这弟弟，暂时就叫他觉如好了。"说完给孩子喂了些素食，又把一件绵软舒适的丝绸衣赏给孩子穿上，大小非常合身，他心中格外舒畅，便对果萨拉姆说："你要好好抚养这孩子，他具有与众不同的神奇，再说我这几天的梦兆也很好。我现在就要去向总管王禀报这个好消息，跟他商议举行诞生庆典的事，到时候要让岭国上下所有人都参加。"说完，亲自把果萨拉姆送了回去。

第二天夜里，达戎部落首领超同接连做了几个恶梦，而且他也听到果萨拉姆生了孩子的消息，他左思右想，心中总觉得不踏实。

嘉擦霞嘎来到总管王府，没有说事情的详细经过，

降生人间

就直接唱歌禀报道：

春天勤劳耕种，

指望取得好收成，

待到庄稼成熟时，

又不知该怎样收割，

还是请总管王定夺。

果萨拉姆怀的孩子，

于十二月十五日诞生，

有三岁孩子那么大，

何时举行庆生典礼？

该如何向天下通告？

生活起居怎么安排？

我心中全然没有底。

雄狮的幼崽，

需要雪山来托举；

猛虎的后代，

需要森林做保护；

果姆的儿子,

同嘉擦是亲兄弟。

天神降到凡间,

若不细心照顾,

会遭别人欺辱,

我要保护到底。

听完嘉擦霞嘎的歌,总管王吉本·戎擦查根思考了很久,然后对嘉擦霞嘎唱了一首既肯定他的看法,又破解预言的歌:

侄儿嘉擦请听我唱,

伯父要讲的不算佛法,

但全都是正经事:

一有董氏族谱的授记,

二有莲花生大师预言,

三有本王的祥瑞梦境,

四有各种吉兆出现,

表明天神之子要降生。

俗话说——

甜品上的酥油,

饿汉尝不出美味;

护法神的面具,

小孩很难撑得起;

黄金的熔液,

怎能涂到石头上?

神子下凡的事,

要是只告诉近亲,

民众未必把他尊崇。

泥水中的莲花蕾,

任其自然生长,

太阳照射它就绽放,

无需谁去清洗,

莲花本来是泥中生长。

果姆生了圣婴,

没有登上宝座之前,

不予器重也无妨,

将来迟早会称雄,

无需父叔去帮助,

他本来就是王族子嗣。

神子十二岁之前,

谁也不用去调教,

让他自己闹翻天,

侄儿嘉擦别担忧。

你们兄弟登宝座,

伯父用心来辅佐,

丹玛率兵任主将,

岭国勇士列前阵,

这是前生业力所安排,

幸福的太阳快要升起。

总管王吉本·戎擦查根唱完后又做了一番解释,嘉擦霞嘎这才心悦诚服地回去了。

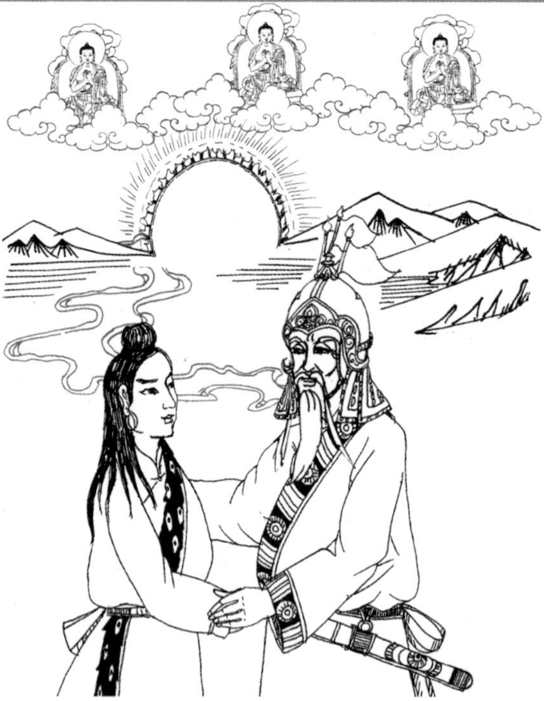

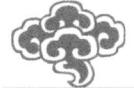

三

时间在不停地流逝。有一天，超同心想：我的梦境和雪域蕃地的很多事情，都有好坏两种征兆出现，但是最近发生在达戎部落的事，却都是些坏兆头。曲潘那波的后代，自从赛布·拉雅达嘎以来，在长系部落共诞生了九名猛虎般的英雄。一直到今天，岭国长、仲、幼三个支系中，所有人都为了共同的事业，谁也不曾谋求私利。然而，自从幼系部落里出了个嘉擦霞嘎以后，他们的权势越来越大，还有长系赛巴部落的尼奔、仲系翁布部落的阿努白桑，兄弟几人互相依靠、彼此支持，谁也对付不了他们。再加上这个狡猾的总管王吉本·戎擦查根，什么事都听任嘉擦霞嘎摆布，内部事务不知道自己做主，整天懵懵懂懂的。现在倒好，果萨拉姆也生下了一个觉如，他是森伦的儿子，龙王奏纳仁钦的外孙，而且他的父系亲属是念神后裔，母系亲属中有莲花生大师，果萨拉姆也有呼神唤龙的本领。总之，这孩子说不定是个半人半鬼的怪物，要趁着苗子还小，现在就要先把他除掉。

第二天早晨，达戎部落首领超同准备了一些糖和蜂蜜做成的香甜食品与酥油块儿，又在这些食物中放进剧毒，作为送给初生婴儿的"颚酥"去见果萨拉姆母子二人。超同骑上马匆匆忙忙来到她家中，说道："啊，太好啦！你生的婴儿，他是我的侄儿子，生下还不到三天就跟三岁的孩子一样大，董氏部族就需要有这样的后代。叔伯们送点颚酥，对他将来的运势是大有益处的。但是，总管王这个糊涂昏庸的老东西，用得着他的时候他在哪里呢？俗话说：寒冷时不怕衣重，饥饿时不嫌食粗。叔父我是今天早晨才知道的，这些干净的食物，是从达戎部落专门带来的，就用它代替颚酥吧！"

小觉如把超同送来的食物一点儿不剩全给吃光了。超同暗想：这些带毒的食物，就是成年人吃下去也消化

降生人间

057

不了，更何况一个刚出生的婴儿，这孩子除了毙命，不会有其他结果。正当超同暗中高兴的时候，觉如体内的毒素聚集到手指尖上黑乎乎地排了出来。超同又想：用剧毒也毒不死的觉如，可能是因为他的母亲是龙王奏纳仁钦的公主，龙本身就是有毒的，所以不起作用了。于是，他想到了来自象雄的恶咒士阿尼宫巴惹杂。这个恶咒士现在就住在一处叫作吉普扎那隆多的沟口，因为修炼恶咒术，他背离了苯教始祖辛饶的教义，而且对佛法抱有成见，把生起次第看作是邪道。在邪魔八部的协助下，他白昼做法事，能断苯、佛信徒的命根；黑夜与恶魔玛摩勾结，可以把众生的灵魂勾走。

超同心想：以前，我有什么仇敌，宫巴惹杂都能帮助我消灭掉，这次若能继续跟他合作，我的目的也一定会达到。

于是，他对果萨拉姆说："我看这孩子很不一般，高天盖不住，大地容不下，从出生到现在连个祈福求寿的灌顶法事都没做，这怎么能行呢？早就应该请上师来为孩子做长寿灌顶。这样吧,上师的供养和一切费用全由我来承担,你把家里收拾干净就行了。"说完就去迎请上师。

宫巴惹杂前一天夜里做了一个非常险恶的梦,今日正当他做法事驱魔禳灾的时候,达戎部落首领超同就来向他行礼,并唱起请求帮助谋害觉如的歌:

董氏部族的子嗣中,

无父妖魔就是觉如,

投毒没能伤其性命,

灭他的咒术只有靠您。

在岭国广袤大地上,

超同我地位与天齐,

如今觉如想骑在头上,

不铲除魔崽永无宁日。

他从出生的那天起,

就扬言夺我权力,

还说挖掉您的心脏,

咒师可要小心谨慎啊!

今天我专程来拜访,

一是考虑上师安危,

二则为了达戎部落,

三是为消灭觉如的事。

火苗小了容易扑灭,

敌人弱时不难降伏,

您将咒器放他头上,

再把咒食塞进嘴里。

我达戎部落的宝物中,

有个九角福运袋子,

它是如意聚宝锦囊,

我就把它押在这里,

等到使命完成以后,

用金银奇珍来酬谢您。

超同唱完花言巧语骗人的歌，宫巴惹杂暗自思考：这几天，无论是白天的征兆，还是夜晚的梦境，都不太吉利，特别是从昨晚做的梦来看，超同说的这个觉如，无疑是夺我性命的一个克星。但是，他出生不过三天，不会有多大能耐，而且我这咒术既可以摧毁金刚岩石，也能降服空中苍龙，至于小小妖怪就更不在话下。超同要送的酬礼，凭借我的法力很容易拿到手。但是，对超同不讲一些施咒有多艰难、后果非常可怕之类的话，就无法从他手里捞到更多的财物。于是，他对超同说："尊敬的达戎首领超同啊，您的旨令岂敢不从，我哪有这个勇气和胆量。可是，遵照您的要求去办，也确实有不少困难，就好比幼稚的孩子向老虎挥拳，事情没有您想的那么简单，要消灭觉如这个鬼崽子，先要好好供养护法神才行。"说完，便用恶狼嚎叫般的曲调唱道：

您说要为我除害，

其实全都为了自己，

一谈起酬礼便知道。

果姆的儿子觉如，

假若真是我的仇敌，

本人不会这样去送死。

要是不提前谈好报酬，

谁又愿冒这个风险，

达戎首领您觉得呢？

等到宫巴惹杂唱完，超同立即向他连续磕了九个头，说道："在这天地之间，您的咒术无所不能，您就去看看吧，能把觉如除掉，那福运袋子归您了。还有，我达戎部落供养您一年四季的全部费用。若不相信，我可以对佛经发誓。"

听到这话，宫巴惹杂才答应说："那好吧，我可以去按您达戎部落首领的要求办，看今晚能不能取了觉如的性命。您现在回去，明天我到达戎部落去找您，可别忘了报恩啊！"超同说了声"啦嗦！"转身就离开了。

降生人间

超同回到果萨拉姆家里，对她说道："我今天原本打算请衮嘎喇嘛来做法事，不料在吉普扎那隆多沟口碰见宫巴惹杂，让他算了个卦，他说三天以内会有灾难发生，嘉擦霞嘎和嘉萨·拉嘎卓玛对他有大恩，因此他要亲自去守护觉如，顺便给孩子做长寿灌顶法事。"超同说完就回去了。

第二天，觉如对阿妈说："今天，我降伏宫巴惹杂的时机到了，请阿妈给我找来四粒石子！"果萨拉母从外面捡了四粒石子放在孩子手中。觉如把石子分别摆在自己的前后左右。当时，哥哥东琼嘎波、弟弟鲁珠沃琼、妹妹塔蕾沃嘎以及念神格佐钦波、九大战神畏尔玛等不应该依附在盔甲兵器等物体上的，全附到四粒石子里。

宫巴惹杂走出修行洞，来到有三道弯的地方，他口中发出"呸"的一声，惊散了空中的神灵，而哥哥东琼嘎波有九百位螺甲随从在护卫，因此安然无恙地与石子浑然一体；宫巴惹杂来到另一个山弯，口中又"呸"了一声，惊跑了下界所有的龙神，而弟弟鲁珠沃琼有九百位玉甲随从在护卫，所以没有受到丝毫损伤；宫巴惹杂来到能看见

降生人间

觉如家帐篷的地方，口中又"吥"了一声，念神都四散而去，而格佐钦波及其三百六十名随从却稳固不动。这时，觉如心中暗暗呼唤神灵，一时间，战神像雪花纷纷降临，护法神像狂风滚滚而来，畏尔玛像雷电瞬间出现在眼前。就在外道咒师宫巴惹杂快要走到帐篷门口时，觉如拾起那四粒石子，向空中抛去。宫巴惹杂眼前一下出现螺甲白人九百名、玉甲绿人九百名、金甲黄人三百六十名、空行天兵九百名，他们一起向他冲来。宫巴惹杂见状惊恐万分，头也不回拔腿就跑。这时觉如施了分身术，幻化出一个与自己完全相同的形体，抢先跑到宫巴惹杂的修法洞中，收走了里面的一切饮食和生活用品。

觉如的另一个分身，则紧追着宫巴惹杂。当宫巴惹杂飞快地到一条河的岸边，用双手遮眉回头看时，发现追兵赶来，便抛出自己的依命食子，然后拼死向修行洞奔去。觉如即刻显示神通，变出牦牛一般大小的巨石把洞口堵死。宫巴惹杂骂道："觉如，你这个妖孽好好听一听，仔细看一看，长刀和短针，哪个更厉害？大悲的他化身在天和十二方护女神等所有神灵啊,请你们快来助佑我!"说罢就迅速抛出他按照仪轨修诵过一天一夜的的大食子,震得周围地动山摇。接着他又口念咒语,将修诵了一个月咒语的大食子摔出去,顿时空中雷鸣电闪,地上坚岩崩裂。觉如见状立刻化作莲花生大师的忿怒相,没有受到任何损伤。随后,宫巴惹杂又把他修诵过一年咒语的依命食子扔过来。这时,觉如把那岩洞观想为一个没有孔隙的铁屋,把宫巴惹杂和他所依靠的神灵鬼怪全部装进去。宫巴惹杂的本尊和护法都顿时变成凶魔,反过来加害他,最后落得个粉身碎骨的下场。因为觉如的另一个分身,留在阿妈果萨拉姆身边,附近的人们只看到宫巴惹杂一个人在奔跑,也不知道到底出了什么事情。

第二天,觉如早早起来对阿妈说:"昨天,我的哥哥、弟弟、妹妹和护法神们,已经把宫巴惹杂给消灭了。今天我要去收拾他的余孽。"说完就走出了帐篷。

觉如变作宫巴惹杂的模样,大清早来到达戎部落首领超同的帐篷门口,他唱歌道:

魔鬼的儿子小觉如,

自称是莲花生的使者,

自称是龙王奏纳仁钦的外孙,

自称是念神的后裔,

还说自己天下无敌。

达戎首领您福气大,

宫巴惹杂我咒术强,

如今觉如他已惨死。

昨天夜里三更时分,

收到死者的回向礼,

我去剥了他的皮,

尸首丢进大河中。

在强大的达戎部落,

超同您是民众核心,

为了完成托付的大事,

我使出了所有的本领。

您送一个袋子远不够,

应该赐我执法旗和印玺。

听说达戎首领超同家中，

还有一根棍子我也想要。

这两件东西如果缺了一样，

也许我会对您施法抛食子，

并将事情真相告诉嘉擦，

如何妥善处理您可要考虑清楚。

觉如变化的假宫巴惹杂唱完歌，拿出一张觉如的人皮搭在了肩膀上。以前，超同府上住着一位有道行的象雄苯教修行者，他有一根魔神赐予的木棍，名叫白柳木手杖，因为受到过加持，它成为修炼神行的依仗物，靠它能够行走如飞。这根手杖和招福彩箭一起，被超同常年挂在府里的柱子上，谁也不许触动它。觉如预知现在正是使用它的时候了，所以变成宫巴惹杂非要这根白柳木手杖不可。

听了假宫巴惹杂的话，超同心想：觉如已经被除掉，宫巴惹杂也想树立更高的威望。现在若把福运袋子和白柳木手杖两件宝物都拱手送给他,未免太可惜。福运袋子是事先说好要给他的,这不能耍赖。但是,白柳木手杖并没有答应过要给他,现在得想办法拒绝。还有那执法旗和印玺,又怎么能随便给他呢?这事让总管王和嘉擦知道了肯定不会答应,就是丹玛和阿冬等大将知道了也不会有好结果。实在不行的话,他要什么我就暂时给他什么,等他死后财宝自然会物归原主。想到这里,他说:"恩人宫巴惹杂啊,您有什么要求,我都可以满足。上次您要的九角福运袋子和生活用品,我都可以给您,但苯教上师留下的那根木棍,要它有什么用处呢?再说那是我达戎部落的本尊神马头明王的依附物,您拿走了对咱们大家都不利,除了它以外,您想要什么我都可以答应。"

听了超同的许诺,假宫巴惹杂说:"那好,袋子和手杖您自己留着,把执法旗和印玺给我!觉如是你们岭国各部的掌上明珠,是奔巴家族首领的亲弟弟,杀他的罪孽酬礼,您只给我这么一点东西怎么行呢?若不是为了您的利益,我又何必去害死觉如呢?这事,我要透露给总管王、嘉擦、森达和岭国长、仲两大支系的首领们，不到一天工夫，您的达戎部落就会被彻底消灭掉。不仅这样，用觉如人皮做的幡幢，就是我官巴惹杂的祸根，而您超同就是主谋。我将来对您也会有帮助，所以您还是好好想一想。要给现在就给，不给我就回去啦。当然，我也会施咒报复您。"说完转身就走。

超同一听此话就害怕了，他急忙说："您千万不能这样，我给您就是了，何必动怒呢？"说着赶紧把白柳木手杖送给他，然后又说："这是我的传家宝，您不要让别人看见，以后用不着的时候就还给我吧。"

这官巴惹杂刚走了几步就忽然不见了。超同因此心生疑虑，惶恐不安。

觉如很快回到阿妈身边，在家住了几天。有一日，他对阿妈说："今天我心情格外舒畅。"正在这时，天姑贡曼杰姆化作一只玉蜂飞到觉如耳旁，用蜜蜂的声音唱起预言之歌：

达戎部落首领超同，

看上去似乎很恶毒,

可他做的一切坏事,

其实对觉如更有利。

他的出身虽然高贵,

心却被妖魔所左右,

如果不清除掉它们,

岭国内部是非就不断。

你要快去吉普岩洞,

装作宫巴惹杂死去之相,

把福袋和木棍放在身边,

用巨石堵住那穴口,

留个鼠洞般的小孔。

超同他已经动身了,

将会变身进入里面,

你要适时给予加持,

逼他吐出腹中妖怪,

并且立誓不再捣乱。

听了天姑的歌，觉如即刻显示神通来到吉普岩洞前，变作一只鹞子落在洞口上方。

没过多久，超同来到了岩洞口。不见宫巴惹杂，却看到石洞的顶部有一股青烟在袅袅上升。他认定宫巴惹杂就在洞中，走到洞口时发现一块巨石把洞门给堵住了，门前还立着闭关修行的提示碑。他仔细观察那块巨石，看见上面有两个小孔，从小孔往里看去，洞里的一切都看得很清楚：宫巴惹杂耷拉着脑袋，发辫拖到地上僵死在那里，他背后的石壁上挂着那根白柳木手杖和福运袋子。

见此情景，超同喜出望外，摇身变成一个小孩，顺着小孔钻入岩洞。走到宫巴惹杂跟前时，白柳木手杖和福运袋子却不见了。超同感到奇怪，就想：是不是因为我变成小孩才看不见了，于是把自己的头部变回原形，抬头环顾四周，真奇怪啊！除了烟火熏过和雨水冲刷过的痕迹外，刚才看到的一切都不见了踪影。这时，觉如给超同做了无法变身的加持。超同心里特别紧张，他自言自语道：哎呀，我是不是被魔鬼缠住了，还是赶快出去的好。他又念了咒语想把自己的头变成小孩的头颅，却没有任何反应。于是，他把身子从那孔中钻出来，头却被卡在了里边。情急之下，他向本尊神马头明王祈祷，可还是没能出去。就在这个时候，觉如来到了洞门口说道："在降伏外道宫巴惹杂的这个岩洞里，不要说有形体的人类，就连无形的鬼神也难以脱身。这儿拴着一匹马，说明洞里肯定有天神或鬼怪。"说着，打开洞门走进去，故意惊呼道："哎呀！这儿哪来一个有络腮胡子的人头，这鬼肯定是个饿鬼，要杀就应该这样杀他。"说着就举起白柳木手杖，在超同的头顶上挥过去。

超同哆嗦着央求道："我的好侄子啊，你不是凡人，你是神童。天神、上师与本尊，虽然会发怒但不会记仇，请你别杀我呀！我是你的叔父超同。闲得没事才来玩魔术，脑袋变来又变去，身子却变不回原形。身子虽然能钻出去，脑袋却被卡住。觉如你来得正是时候，这是叔父运气好，快快把我救出来吧，你要什么我都答应吧。"

听了超同的请求，觉如说："哎呀，那恶魔不是早被我降伏了吗，叔父你怎么还在说他的鬼话呢？若是我来迟一步，你恐怕就没命了。常言道：'没有叔伯，侄子再勇敢也像平川上的虎，全身的花纹只会招来人们的石头'，这话好像就是针对我说的，叔父你过来吧！"

超同正想回洞里，觉如乘势把他向上一提，就连小孩般的身子也卡在石缝里出不来了。觉如说："你的肚脐里若不是钻进了妖魔饿鬼，一个小孩的身子哪有出不来的道理？你要一心一意向马头明王祷告！"说着把右手按在超同的头顶，暗暗呼唤神灵。没过多久，从超同的口里吐出一条双头黑蛇来。觉如立即将它斩杀，把它的灵魂超度到西方净土去了。

这时候，超同也从孔里顺利钻了出来。觉如说："请叔父变回原形回家去吧！我也要走了。"觉如刚走了几步，超同由于无法变回原形，心中非常害怕，连忙叫喊觉如回来，并向他哀求道："我的好侄儿觉如，你帮我变回原形吧！从今以后，你吩咐什么我都会照办。"觉如回答说："我没有解除魔法的本领，这小孩般的身子连在叔父的头上，实在也不好看，把它砍下扔掉吧！叔父您的身子在哪里，不是可以找来接上吗？"超同说："这小孩的身体，就是叔父我的身体，千万砍不得，你就想个其他的办法吧！"觉如佯装想了一会儿，说道："叔父啊，你不能变回原形是因为对岭国怀有恶意，要想变回来，你得答应今后不再做伤天害理的事，保证不再挑拨离间发生内乱。只有这样，你才能解脱出来。"超同满口答应说："好的，我可以向你发誓赌咒。"说完，从白柳木手杖下钻过去，连续发誓赌咒再也不会在岭国长、仲、幼三大支系中间挑起事端。第一次赌咒请本尊神马头明王作证，第二次赌咒请达拉梅巴尔神作证，第三次赌咒以佛经为证。过后，觉如便让超同恢复了原形。

超同看到白柳木手杖在觉如手里，才知道自己在山洞里受那么多苦，原来都是觉如在作怪，而宫巴惹杂的死尸又是怎么回事就不知道了。他暗想：自己所做的坏事，虽然被觉如知道了，但从觉如今天的举动看，这孩子还是一个宽宏大量的人呢。再说，自己损失财宝的事，总管王和嘉擦等人还不知道。想到这些，他心里倒也轻松了许多。

据说从那以后，一直到觉如五岁，超同再没有做过什么出格的事。

四 •

水马年一月十五日黎明时分,觉如在梦与光明的境界中看见莲花生大师由众多的空行眷属簇拥着,出现在他的前方上空,高声唱起授记的歌:

天神之子觉如啊,

我有话要说请你细听:

金翅大鹏的幼雏,

羽毛刚劲能劈风,

如果不飞到高空中,

双翅雄健又有何用?

雄猛狮子的幼崽,

鬃毛丰满显威力,

如果不能傲立雪峰，

身躯强壮又有何用？

神子降生在人间，

具备无穷大神通，

如果不统治世界，

本领再强又有何用？

在这块荒野之地，

你要成为顽皮的孩童，

让人骂作"罗刹子"，

故意违反岭国律法，

尽管会遭到驱逐，

但是神子不要失落。

到了木猴年的初春，

天神会来赐加持，

方护神会保佑你，

在吉祥的玛域草原，

善业的神变将要显示，

六大部落自然会归顺。

莲花生大师唱完便消失不见了。觉如的母亲果萨拉姆本是智慧空行母转世，她也清楚地听到了一两句歌词。在花雨飘落、芳香四溢的气氛中，她顿失烦恼，心在宁静中进入了无漏禅定中。

有一天，觉如对母亲说："阿妈，我头上要戴帽子，脚上要蹬靴子，身上要穿衣服，可总是不遂我的心愿。现在，孩儿长大了，要靠自己来养活自己。只要运气好，财宝就在山里藏着呢。"说罢，骑上白柳木手杖就走了。

他先去赛禹山，杀死黄羊妖魔三兄弟，把不合头的黄羊皮帽，连角带蹄戴在头上；傍晚，他钻进总管王吉本·戎擦查根的牛栏里，宰掉破财的妖牛犊，穿上不合身的牛皮衣，牛尾巴也拖在身后；深夜，他溜到超同的马棚里，偷杀了白鼻梁魔马驹，穿上不合脚的红腰马皮靴，靴底是用马兰草缝制的——他征服了三个妖魔，便解决了帽子、衣服和靴子。

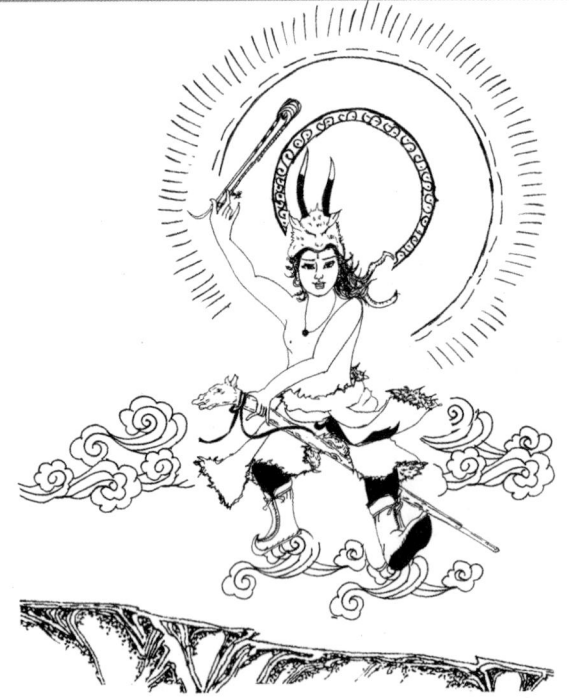

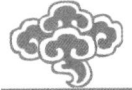

又有一天，觉如跑到吉伊曼隆药草沟，假装挖旱獭洞，他一边挖洞一边祷告说："把安当热鬼域压下去！"于是，挖的土坎塌下来，把安当热大辫九魔压在了泥土里。

觉如回到家中，决定搬迁到其他地方，他对阿妈说："自己的事情自己办，比君王的金印还厉害；自己的权力自己掌，比官员的宝座还自在。这句话说得很有道理。现在，奔巴部落没有王嗣，我觉如上面没有头领，无论遇到什么事情，都不用跟谁去商量。再说，我手下又没有需要管辖的部落。所以，这地方即便落到敌人手里，也用不着害怕和退缩；我们周围没有亲朋好友，不需要向谁讨好奉承；我们母子二人没有公务在身，更不用瞻前顾后。哪儿太阳温暖，什么地方舒适，我们就到哪里去，母子二人还怕养活不了自己吗？"

阿妈问："要去的地方是不是玛阔河曲？如果真是那里，我熟悉路况。"觉如回答说："要到气候温暖、蕨麻香甜的蛇头山下。"

母子二人来到澜沧江畔，觉如忽然想起江对面有一个专吃小孩的罗刹女,他认为应该去把她降伏。于是,便让母亲把他绑在双胎马驹身上渡过江去,到了对面山坡上,看见那吃人的罗刹女正在吞食小孩的尸体。

觉如对罗刹女说:"罗刹姐姐长寿女,给我一点火,我给你出个好主意。"罗刹女问觉如:"把火给你后,你要给我出什么好主意?"觉如回答道:"你住在这里,除了一些小孩外其他什么都吃不到,不如到江对面的山上去,你想吃什么那里就有什么。"罗刹女说:"我哪有去江对岸的办法呀!"觉如说:"我可以设法把你送到江那边。"说着,把双胎马驹的尾巴拴在罗刹女的脖子上,刚走到江中央,罗刹女的脖子就被拉断了。

之后,觉如前往蛇头山,在经过一条如同婴儿咽喉一般细的小路时,正好遇到一个名叫卡色如鲁的水妖在巡游,他知道现在是降伏这个水妖的时候,就对母亲说:"阿妈,你在后面慢慢走,我到前方去看看这里的路况怎么样。"他到前方时,那个妖魔正张着大口等在那里。觉如心中暗暗呼唤天神,他在一根八十庹长的皮条末端拴

降生人间

上铁钩抛了出去。铁钩正好钩住妖怪的心脏,将它拖出水面杀死后,用它的血肉祭祀战神畏尔玛,把它的灵魂引往西方净土去了。

后来,觉如母子二人就在蛇头山下安了家。每天,觉如都到山上去捕鹿取鹿茸,到滩上拿石头打黄羊,用绳子捉野驴,有时还到周围的山上去捕杀野兽。然后,用猎物的肉垒起屋墙,以猎物的头围成院落,把鲜血蓄为池塘。他还把附近山沟里过往的商旅抓来关进牢房,饿了吃人肉,渴了喝人血,用人皮当坐垫,把人头摞在山上。看到这样的情景,神鬼都会寒心,罗刹也会厌恶,就是天龙八部见了也会魂飞魄散。

与此同时,战神畏尔玛还不断地向岭国的上师、卦师、星相师和部落首领们降下恶梦。大家梦见的几乎全都是觉如作恶的情景。人们纷纷议论说:"神子觉如已经变成妖怪了,他见啥吃啥,夺取无辜生灵的性命,显然是个赤面罗刹鬼。"所以,谁也不敢去接触他。

这一天,达戎部落的七名猎人来到觉如住的地方打

降生人间

猎。他们没有找到猎物，就在菓仓森林里打夜铺住了下来。觉如立即把菓仓的黑人黑马召到面前，命令他在三个月以内不许把达戎部落的猎人放走，并对猎人和马匹做了扣留期间不死的加持。然后，觉如又施幻术杀死七个猎人和他们的坐骑，把人尸和马尸排列起来，堆放在了野地上。前来山上寻找猎人和马匹的人认出了这是达戎部落的猎人和马，便说："达戎部落的猎人被觉如给吃了。"尽管这样，却没有一个人敢找觉如算账。

五。

觉如的所作所为让岭国上层极为不安。一天夜里，总管王吉本·戎擦查根心想：不管是分析天神的预言，还是空行母的授记，都表明觉如这孩子，是一位天神化身到世间来降伏四方凶魔的人物。但是，看他现在的种种行为，却是在破坏岭国律法，或许他这是在完成另一番事业。但是，任他这样下去，岭国的律法就要失去威严。能不能用王法来制裁他，这也不好决定。再说，他本是天神的化身，怎么可以草率地动用律法进行制裁呢？不管是好是坏，采取一个折中的办法来处置他可能比较妥当。今年以来，所有的梦兆都很凶险，又像是哪位天神或者妖魔在显示神变，是吉是凶，我自己也不敢断定。还是请卦师衮西特波来算个卦吧。这样想着想着他就进入了梦乡。拂晓时分，

一位空行母手执彩箭,骑着白狮前来向他授记道:

> 黄金宝座上的大首领,
>
> 吉本·戎擦查根请细听:
>
> 大鹏鸟的幼雏,
>
> 一时还在窝巢,
>
> 待到展翅翱翔之日,
>
> 无疑要毁掉窝巢。
>
> 神子诞生地虽然美好,
>
> 但是长江和澜沧江一带,
>
> 地狭路窄骏马难以奔驰,
>
> 与魔国、霍尔国相距太远。
>
> 神子下凡来到人间,
>
> 若不占据玛域大地,
>
> 征战四方降伏妖魔,
>
> 岭国再强又有何意义?

降生人间

空行母唱完歌，总管王从睡梦中醒来。他回味刚才的授记，大体明白了意思，心中感到非常喜悦。

这一天，达戎部落首领超同把属下阿考塔哇部的索尔那派到总管王跟前，说道："看目前的情况，岭国六大部落不得不进行一次集会了，觉如母子二人心里好像附了罗刹鬼，先前偷杀了超同首领家的马，后来又吃掉了部落里的七个猎人和马匹。"接着就把去寻找那些猎人的几个人如何看见猎人的衣物、猎具和马头都丢弃蛇头山附近的情景，以及众人所传说的嘉洛·森姜珠姆主仆如何看见觉如把七个猎人用绳子绑起来，拿荆条抽打、虐待等消息详详细细地向总管王报告了一遍。

总管王问到："这些消息都可靠吗？觉如他是英雄嘉擦的亲弟弟，是董氏部族的王储，又是龙王奏纳仁钦的外孙，如果他真的干了这样残忍的事，人们当然是会说的。然而，一口能吞下大海的人，胸怀应当似天广；两臂能抱起大山的人，力量肯是比地强。而且，古人也有一句话：'不同厉鬼并马行，不与妖魔掷骰子，不跟蛇龙攀亲戚。

我想还是任其自便吧！倘若觉如母子真的是罗刹，征服他的人，无论是比武艺还是看胆量，除了超同再没有第二个人——他过去曾经降伏过罗刹克色热瓦。因此，不管从除恶扬善来说，还是从广开进财路来讲，都与超同有直接关系，别人是没有份儿的。我看就按达戎部落首领超同的意思，在初八日这天召集岭国大小部落到达塘查姆广场集会吧。"

总管王把超同的使者打发走以后，分别派出信使向岭国六大部落送去了集会的信函。总管王还亲自到嘉擦霞嘎家里，把和超同的使者商谈的情况以及空行母对他的授记内容，原原本本地讲给嘉擦霞嘎。

初八那天清晨，当太阳升起的时候，岭国各部首领和民众来到集会场地。超同担心大家会让自己去制服觉如，他完全丧失了勇气，心比丝绸还柔滑，身像绒毛一样绵软。总管王出面对大家说："我们六大部落原本像凝结在一起的奶酪，却像污水一般被搅混了。现在，不得不在这里集会——这是遵照超同的旨意召集的。以往，你

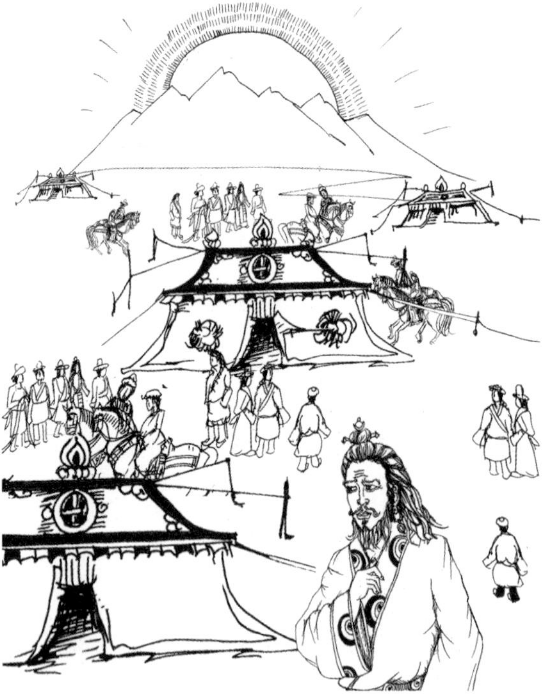

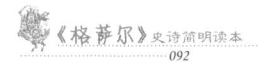

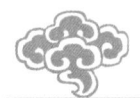

跟果萨拉姆的儿子觉如,到底有什么冤仇?"超同回答道:"兄长总管王,侄儿嘉擦,所有到会的人们!我要说的是,在我超同的心里,考虑的是整个岭国的政教大局和奔巴家氏族的荣誉,而且也想到了觉如的前途命运。因为考虑这么多事情,心情从来没有舒畅过。今年以来,梦兆总是不好。对于觉如,正如俗话所说:'身上无疼痛,大病在心里。'我怀疑他是不是被魔鬼迷住了心窍,怎样做禳解的法事,如何求得治病的药方,请大家商量商量!前几天,达戎部落的七个猎人,在央宗甲吉山口被觉如带走的情景,听说嘉洛·森姜珠姆和随身仆人白嘉是亲眼看见的。不止是这些,还听人说,蛇头山上觉如母子驻地附近堆放的人头,他们都能一一认出来。觉如和岭国民众之间已经无话可说了。"

超同把这些谎言当做事实讲完后,总管王和嘉擦霞嘎提出要算卦问卜,其他所有人也都一致同意。于是,便让卦师假意卜卦,卦象中说:"如果不除掉觉如,岭国就难得安宁。"嘉擦霞嘎听了这个卦文,心中很不乐意。

总管王吉本·戎擦查根说:"各部落的首领们听着!我有一些话要对你们说清楚。"说罢便唱道:

质地优良的黄金,

用火烧炼纯度更高;

胆大如虎的青年,

遇到猛兽才显本领;

稳如山岳的叔伯,

处理难题时沉着冷静。

只要大地潮湿温润,

花草树木总会茂盛起来;

只要是命中注定的,

糟糕的事也会有好结局。

王法严厉靠的是公正不偏,

要是觉如果真杀了达戎的人马,

难逃法律应有的处罚,

按照惯例要把他驱逐流放,

但是仅凭卦象做出决定，

显得简单草率而极不合理。

听了总管王的歌，人们都觉得很有道理，认为应该当面质问觉如本人。事情就这样定下来了，但却没有一个人愿意去传唤觉如。嘉擦霞嘎说："如果你们都不敢去，那我去叫弟弟吧。"

这时，擦香丹玛心想：既然命运让我担任了岭国的大臣，就不应该出现"首领去送信，佣人守宝座"的情形。于是，他说："尊贵的嘉擦霞嘎，你还是留在这里，要去应当让我去。"说完，跨上自己的坐骑白龙驹，闪电一般飞奔而去。

看着擦香丹玛渐远的背影，超同提议说："现在要驱逐觉如，就应该从黑石山饿鬼出没的地方把他赶走。"嘉擦霞嘎说："可怜的弟弟要流放，当哥哥的心里很羞愧，很想陪他一同去。但这是兄弟们集体的决定，更是伯父总管王的命令，我不得不遵照执行。要流放的地方，虽然不在乎好坏，但是，时间应该等到太阳升起以后再让他起程。"众人连声称是，赞同他的意见。

再说大臣擦香丹玛，当他来到蛇头山附近一看，发现觉如母子二人的帐篷是用人皮做的，帐绳是用人肠子拉的，围墙是用人尸马骨垒起来的，看那情景真比罗刹鬼城还阴森可怕。他心想：祖宗曲潘那波的子孙当中怎么出了这样一个人？真是罪孽啊！但他又细细一想：就算是把岭国所有人都吃光了，也不会有这么多人皮、人肠和骨头。而且，除了达戎部落的猎人和马匹外，谁也不能确定这些人、牲畜都是觉如吃的。岭国的人们都说觉如把人都吃光了，如果是真的把人吃完了，哪里还会剩下我们这些人呢？这话显然是不真实的。就算这些尸骨是真的，那么多的人马总不会没有主人吧？这肯定是一种幻觉。由于前生的誓愿和宿业，他不由自主地对觉如产生了一种不可抗拒的敬仰心，于是从马上跳下来，站在那里。

没过一会儿，觉如啃着一个人的胳膊走出了帐篷。擦香丹玛想把觉如叫过来，从腰间拔出大刀准备挥舞，可

降生人间

又觉得这样做很不妥他自言自语道:"哎呀,这把红柄大刀是用来杀敌的,怎么能拿它向觉如打招呼呢?"说着把刀插回鞘里。他举起皮鞭准备向觉如打招呼,但又觉得这是用来打马的,不应该拿它招呼觉如?他又想:这头盔上的盔旗,是上师和首领的依止物,拿它来向觉如打招呼不是更合适吗?于是,急忙取下头盔上的盔旗向觉如挥动。

觉如见有人向他挥舞小旗,立即走上前去,到了近处就说:"是擦香丹玛来啦,重要的事情和重要的人物遇到一起,这是极好的因缘啊!有一种说法叫'上等男儿是自愿来的,中等男儿是租借来的,下等男儿是逃跑来的'。快到家里坐吧!"说着走过去牵着擦香丹玛的马缰绳就往回走。

擦香丹玛跟着觉如来到他的帐篷门前时,刚才见到的人尸马骨,都像是梦幻一样消失不见了。他再观察觉如的神情和举止,一切都很正常。他解下身上佩带的武器,准备放在门边时,觉如说:"武器是战神的依止物,每一件武器上都依附着战神，不能把它放在门外。"说着随手搬到帐篷里。

擦香丹玛一走进觉如的帐篷，里面香气扑鼻，他的心情变得格外舒畅，头脑也更加清醒。而且，还看到帐篷内部一切透都明发亮，不由从内心对觉如产生了一种敬慕之情。

这一天，未来的君臣相会在帐篷里，结下了难解的良缘。觉如拿出人间绝无、天神才能享用的丰盛食物款待擦香丹玛，并把董氏王族的历史，以及自己何时才需要来为岭国效力等许多预言，主动讲给擦香丹玛听。末了，又悄悄显示了一下自己的真身。擦香丹玛坚定了对觉如的信任，他发誓，要在觉如未来的事业中毕生为他服务。在擦香丹玛准备起程返回时，觉如对他说："你先回去，就说你没走近觉如跟前，是在远处喊话传达命令的。刚才我俩谈话的内容，不要让任何人知道，这非常重要。"

擦香丹玛回去后对众人说："觉如确实是罗刹现身，我不敢走近他跟前，站在远处向他喊了话，他说明天就回来。"

擦香丹玛能平安回来，大家很高兴。可也有人担心觉如一旦来了，会不会吃掉在场的所有人？有人安慰道："有这么多人在，没有什么可怕的。"但超同仍然很担忧，他心想：觉如虽然不会吃掉所有人，但是抓住一两个人打牙祭并不是没有可能。况且，觉如跟我还有点冤仇，现在他要回来，肯定不会放过我，这该如何是好？他想到这里，便对大家说："请你们穿戴盔甲，携带武器，像上战场一样做好一切准备。"

嘉擦霞嘎说："用不着这么紧张，觉如是为了给达戎部落的猎人赎罪才要被流放的，除此再没有别的事情。他回来以后，先由总管王讲明原因，再由一百个姑娘撒灰驱逐。但我不同意这个做法，一则他是董氏部族的纯正后代，二则他是龙王奏纳仁钦无可置疑的外孙，三则他是我心肝一样的弟弟。本是天神赐给果萨拉姆的儿子，如果撒灰驱逐他，就会伤害战神的尊严，这万万使不得。糌粑是青稞的灰，我看可以撒一百把糌粑让他上路。"大家都说这个主意很妙，纷纷表示同意。

第二天，觉如头戴难看的黄羊皮帽子，身着不合身的牛皮袄，脚蹬用马兰草缝的别扭的马皮靴子，靴带是马尾毛做的，胯下骑的是白柳木手杖。母亲果萨拉姆比以前更加青春美丽、容光焕发，她骑着白顶枣骝骒马，胯下是发光的鞍子，后面跟着枣骝小马驹，手里捧的是彩箭，上面系着白色哈达，母子二人一同回来了。

因为赢得民心的时候已到，所以岭国民众一见觉如母子，都不由自主地对觉如产生崇敬之情，而且也觉得果萨拉姆美丽端庄，所有人都直呆呆地看着他们母子二人。总管王吉本·戎擦查根心想：如果宣布了对神子觉如的律法判词，除了破坏誓言之外，再不会有别的结果。现在，该是大胆说话的时候了。于是，他说道：岭国各大部落的首领、勇士和民众们，以及奔巴家族的后代觉如，请你们听我唱几句。"说罢唱道：

坚石筑起的城堡，

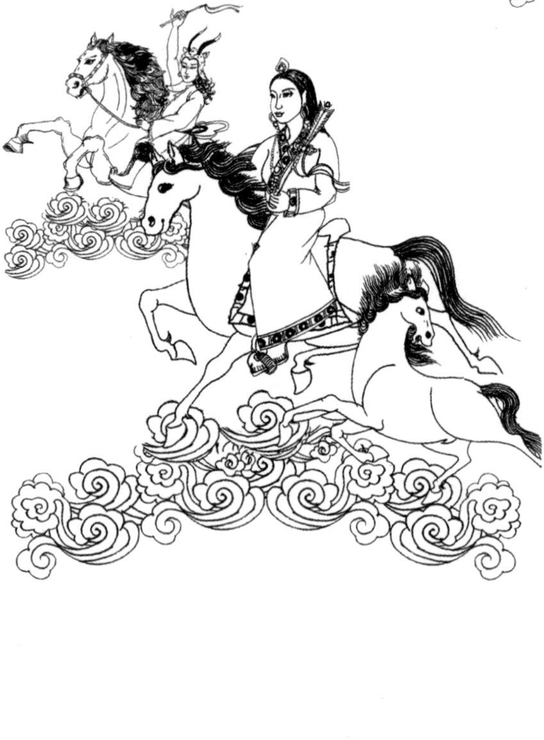

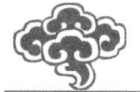

顶层用柏木建造，

屋里摆放着宝座，

以为这样很牢靠，

一旦发生了地震，

反成了夺命之锤，

砸死自己埋入土下。

不惜重金娶媳妇，

家务交给她操持，

夫妻恩爱心相印，

只愿相互伴终生，

谁料她却失廉耻，

偷汉独食私心又重。

疼爱子女如明珠，

艰辛抚养走正道，

期盼儿孙继父业，

没有子嗣交谁人？

等到孩子长大时，

却向父母使起棍棒。

觉如乃龙王外孙,

更是嘉擦亲弟弟,

原本指望当国君,

你表现的像外敌,

偷马恶行已暴露,

竟杀达戎七猎人,

还把野兽全打光,

抓了商旅投牢房,

生吃人肉喝马血,

岭国神灵被激怒,

占卜结果不吉利。

触犯岭国的王法,

就不能留在这里,

驱逐他到玛域去,

总管王是执法人。

等到总管王吉本·戎擦查根将歌唱完，岭国民众的心早被觉如所吸引和感召，大多数人都忘记了觉如以往做过的不光彩的事情，也消除了对他的恐惧，一个个都眼泪汪汪地看着觉如，无不为他担忧。

嘉擦霞嘎早已准备好了觉如在流放途中所需的物资，此时他把驮马牵了过来。觉如偷偷对哥哥说："我这次离开，是为顺应天神的授记，哥哥你不必担忧，路上的用品和送行的人马我都不需要。这是因为以玛杰邦惹（阿尼玛卿山神）为首的善方神灵昨天就来迎接我了。"说到这里，他把身体倚靠在白柳木手杖上，转身对民众说："岭国各大部的乡亲们！对于我这样一个无辜的人，你们却要毫无根据地治罪，其中的原因可能是这样的。"说着他唱道：

岭国六大部的乡亲们，

表面和内在有区别，

华而不实有三类——

孔雀羽毛精美华丽，

五脏六腑含有毒素；

懦夫身上铠甲耀眼，

其实胆小如同狐狸；

漂亮女子赛过天仙，

多半虚伪谎话连篇。

外粗内善有三种——

判官长得凶神恶煞，

心中充满慈悲怜爱；

麦穗的芒刺会扎手，

里面藏着宝贵谷物；

叔伯们措辞虽严厉，

蕴含的善意暖人心。

我觉如无罪遭流放，

不服也要尊照执行；

受处罚是先业所定，

事实真相终会清楚。

看到前辈口气很硬,

觉如只好选择他乡;

在没有我的日子里,

岭国福祸难以预料。

觉如是巍峨的雪山,

愿各部勇士如雪狮汇集!

觉如是无边的蓝天,

愿男女老少像彩云飘飞!

阿妈果姆像聚宝盆,

愿给苍生带来吉祥福运!

觉如唱完便跨上白柳木手杖,向吉普岩洞口的上方走去。上师和僧侣们吹响驱逐的海螺,螺声却像是对觉如母子的欢迎;青年小伙子们放箭驱逐,对觉如母子却结下了战神前来加持的善缘;姑娘们撒出的糌粑,好像雪片一样落在觉如母子身上,形成一路洁白的祝福。

这时,果萨拉姆把自己手中的彩箭连摇三次,呼唤神灵道："上师邬金莲花生、本尊神旺钦饶瓦、空行母益希措杰啊！天姑贡曼杰姆、长寿母珠贝杰姆、嫂嫂郭姜嘎姆啊！觉如的兄长东琼嘎波、弟弟鲁珠沃琼、妹妹塔蕾沃嘎啊！战神念达玛波、龙王奏纳仁钦、念神格佐念波、山神玛杰邦惹啊！还有善方的一切土地神和山神啊！敬请降临救护和助佑我母子二人吧！请让岭国的一切福运，好像溪流归大海、小驹追母马、孩子随母亲一样，统统吸引到我母子二人身边！"她祈祷完毕，又把彩箭摇了三次。于是，吉普山十三座山连同吉杰达日山一起，把头转向觉如母子要去的地方，每条沟里的河水改变了流淌的方向。

觉如和他母亲经过吉普山来到嘎嘉洛牧场嘉洛·敦巴坚赞的帐圈，将森姜珠姆的身、语、意三门收服，结下了不解的良缘。嘉洛·敦巴坚赞送给觉如母子路上所需的一切物品，但他只领受了用来挖地的一把铁锄，其他东西一样也没拿。嘉洛·敦巴坚赞还希望觉如长期住在他家，但母子二人只住了一个多月，到十二月初便离开玛阔地区上路了。

在途中，觉如拿他的白柳木手杖，把驮着少量食物的枣骝小马驹猛打了一下，那马驹便朝一座山包背后奔去，觉如也骑着他的白柳树手杖跟着小马驹跑了。当果萨拉姆随后追去时，就像天空中不会留下鸟儿的影子、大地上没有印下麻雀的爪痕一样，觉如和小马驹不见了踪影。果萨拉姆只得骑马单独一人往前走，一直到天黑才下了马，在一个山弯里歇息。她发现面前正好放着一些饭食，还冒着热气呢，知道是儿子觉如留下的，就把食物全吃了，然后舒舒服服地睡了一觉。在熟睡时，她忽然听到有人喊："阿妈，请您吃饭！"从梦中醒来，发现自己在玛麦玉隆松多三岔口，有一片形状像魔鬼心脏的地方，上面搭着一顶小帐篷。她走进去一看，里面支着锅灶，旁边堆放着柴火，看那些东西估计已放了半年光景。就在此时，觉如走进了小帐篷，端上饭食让阿妈吃。果萨拉姆心情非常舒畅，就决定住在这个地方。

在以后的日子里，果萨拉姆拿出嘉洛·敦巴坚赞赠送的那把铁锄，口呼天神，在小帐篷四周挖地，她从附近打开了宝藏之门,出现了各种食物——东边的蕨麻有马头那么大,南边的蕨麻有公牛头那么大,西边的蕨麻有母牛头那么大,北边的蕨麻有羊头那么大。

觉如母子是水羊年的十二月十五日来到玛域地区的,现在已是木猴年的年初了。他们所在的这个黄河源下段的堪隆六山地带,原来是无尾地鼠占据的草原,山头的黑土被翻遍,山腰的茅草被咬断,平地上的草根被吃掉。牧人待在这里,会被尘土埋葬;牲畜来到这里,会被饥饿折磨死。觉如看到是时候降伏这些老鼠精了,便在猫眼石花蛇抛石鞭中间装入羊腰子一般大的三块神鬼寄魂石,用英雄怒吼之调,唱起镇伏恶魔的歌:

贪婪的地鼠啊,

把青草连根挖掉,

满地的鲜花遭凌辱,

山顶露出了黑土,

毁了绿原难养牲畜,

牧人的福祉被你毁。

古人有句谚语：

毁坏田地的是老鼠，

扰乱村寨的是奸贼，

拆散家庭的是荡妇，

劣迹斑斑不可计数。

现如今，

觉如带来了抛石鞭，

要端掉鼠窝杀妖鼠，

愿你们恶业终结，

我的善举都实现！

唱完便把抛石鞭中的石头打了出去，只听山崩地裂般一声巨响，鼠王大嘴鼠和鼠民多眼小地鼠、鼠臣青耳鼠等同时中石而死，其他所有老鼠，也被抛石的声音震裂而亡。之后，觉如把自己的枣骝小马驹，变成一匹跑起来能追鸟、在三岔路口不迷路、两耳尖如鹰毛梢、四蹄像生风轮的大骏马，牵着它来到那些去往嘉那的拉达克茶商的营帐门口。商人们一见这马都惊呆了。觉如向他们介绍说："我独身一人，名字叫觉如，只有这么一匹独生的神智马。留着它吧，怕被霍尔国的盗贼抢走；卖掉它吧，这荒山野地里也没有遇到买主。你们这些商人真走运，心爱的财宝自己送上门来，如果想买的话，我这神智骏马就卖给你们。"

有个商人说："这马肯定是用魔术变来的，要不然，像这么稀奇的马，在国王的御马当中也无法找到，真是一匹好马呀！"在这些商人中恰好有一个能识破魔术的人，大家让他来辨别。他说："我看这马没魔性。"

大商人达娃桑波问觉如："这马要是真卖的话，你要多少钱我都可以买下来。"觉如回答道："我的马呀，是这世上仅有的两匹飞鸟神智骏马中的一匹，若论它的价钱，马头装饰值黄金一百箱，马耳装饰值白银一百箱，四蹄装饰值绫罗一百箱，毛梢装饰值骡子一百匹，毛腰装饰值犏牛一百头，毛根装饰值绵羊一百只。除此而外，要给母亲酒钱，要给母马产驹钱，要给公马脱缰钱，我还需要请客的钱。"商人尼玛勒钦说："比起我卖给岭国达戎部落首领家的那匹玉鸟马，这匹马是好一些。我可以出一百包黄金、一百锭马蹄银，但是拿不出成箱的金银来。一百箱黄金的价值，就是把我的所有财产给了他都不够。这个人可能不懂马和金子的价值吧！他肯定不是霍尔人。"几个商人偷偷商量："这匹马，可以断定是这个人偷来的，干脆把人杀了，将马抢过来，派魔术师带几个人把马送到嘉那去。"

他们商定好以后，由商人格赤出面对觉如说："你这匹马的价钱，就是把我们马背上的货物和驮运货物的所有马匹都给了你也不够数。然而，你对我们这些商人，说了那么多轻蔑的话。所以，这匹马就不再是你的了，我们要拿它作为献给国王的贡品带走。"

觉如回答道："马要留在我的土地上，你们这些流浪汉，要去哪里现在就滚开！把帐篷和财物全留下，作为向我道歉的礼品！"商人们一听发了怒,拿石头把觉如打死了。可是，刚打死一个觉如就出现了两个觉如，打死两个就出现了四个觉如，打死四个就出现了八个觉如。觉如的分身越打越多，最后，漫山遍野都是觉如的身影。这些觉如有的收拾帐房，有的追捉骡马，有的捆绑商人。末了，把所有商人都像羊毛线团一样捆起来扔在地上，商货和帐篷一样也不留，全部驮在骡马背上，向黄河源下段的玉隆松多地方走去。

正当商人们在慌恐中绝望地等死的时候，发现还留着一个小觉如，大家便请求他饶命。小觉如说："觉如们虽然发怒，但是心中不会记仇，你们说什么，我都可以办到。"他为商人们松了绑，说："你们的货物我也不会带走。"商人们一听转忧为喜，对觉如说："你真是神仙的化身，我们这些愚蠢的商人有眼无珠，你说我们该怎么忏悔呢？"

商人们认错道歉，小觉如便带他们来到玉隆松多。把帐篷等交给了商人们。觉如说："杀死那么多觉如的代价，就是把你们所有的财产交出来也无法赔偿，这次就不收你们的财物了。但是，今后嘉那的商人到此地都要给我敬献哈达，赠送头份茶叶，这是规矩，你们当然也不例外。这次对你们的惩罚是:要在玛域的卓卓鲁古卡库地方,为我修一座宫殿,吃喝全由我供给。从今往后,你们经过此地时,不管走哪一条路,都由我来保护,不会受霍尔国盗贼的抢掠。前几天,拉达克的一帮商人被霍尔国的强盗劫走了货物,我赶去夺回来还给了他们。那些商人今天就要到达这里,他们也答应要为我修房子。"听了这话,商人们都很惊奇。

当天中午,拉达克的商队赶着骡马来到玉隆松多,在另一边搭起帐篷住下了。觉如施展神通,宴请了两地的商人。拉达克商人拿出由棕黄色骡子驮的金箱三驮、花骡子驮的银箱五驮、枣红骡子驮的丝绸七驮——总共十五驮金银和丝绸,作为见面的礼物和头等商品献给了觉如。嘉那的茶商也拿出一千块砖茶,作为见面礼和头等商品奉送给了觉如。觉如则以丰盛的酒水、食物款待他们。

第二天,觉如对来自拉达克和嘉那的商人们提出要到卓卓鲁古卡库地方去建造宫殿的要求。他说:"中央要修一座四层的宫殿,四周造四座小城堡。不过,在我给你们的口粮吃完以后，不管房屋修没修好，你们都可以离开。"于是，他给每个人分发了一口袋糌粑、一驮酥油、一驮茶叶，还有许多的肉和蕨麻，同时还派了两个小觉如来监工。西、北、东三面的三座小城堡由嘉那的茶商修建，所以分别取名叫"嘉喀尔仁摩""嘉喀尔秀摩"和"嘉喀尔牟波"。南面的一座小城堡是由拉达克商人建造的，所以取名叫"拉喀尔古挚"。中央的宫殿，第一层叫"东雄嘎摩"，第二层叫"牟谷古芝"，第三层叫"森珠达宗"，第四层叫"果江嘎摩"。到了第五层，由于靠人力无法再修，所以停工了。城堡已经修完，可商人们的口粮怎么也吃不完。觉如为了答谢商人们修筑城堡有功，特意摆了丰盛的宴席，还赏赐礼品，然后他们返回自己的家乡。这以后，城堡的第五层殿堂是由格佐念神和玛杰邦惹（阿尼玛卿）山神修建完成的。当时，觉如让很多狮子来驮石料和沙土，叫无数老虎从阴山的密林里运木材，所以这座宫殿叫"颇章森珠达孜"。整个宫殿的里里外外全部装饰完后，一直受到天、念、龙三类神的保护。

六。

　　金翅鸟落到如意树上嬉戏的这一年，觉如八岁了。他知道岭国各大部落迁黄河之源玛域地区的时机即将到来，于是向龙王乞求雨水，并呼唤天龙八部向岭国降大雪。

　　这雪从初冬十月一日开始下个不停，积雪厚度令人难以置信，在山头插上长矛只能看见矛缨，在山沟立一支箭只能看见箭口，整个岭国各地全被大雪覆盖，牛羊牲畜濒临饿死。因此，各部落首领集会商议说："一定要找没有降雪的地方，不然，牲畜将会一只不剩全部死光。"

　　他们商定好以后，便从岭国上、中、下各落派出四名勇士分头朝四个方向去察看雪情，寻找没有下雪或降雪较少的地方。他们走了很多地方，看到四周白茫茫一片，到处都有积雪，于是来到黄河源头上段的森钦阔巴、黄河源头中断的鲁古泽热和黄河源头下段的玉隆松多和玉隆盖惹查姆等地,发现这些地区没有一点雪迹,山坡和平地到处有牧草,估计岭国六大部的牛、羊、马等所有牲畜驻牧三年也吃不完,而且这里的每条路上都是络绎不绝的商旅。

前来寻找草地的勇士们看到来自卫藏和嘉那的很多商人正在给觉如赠送礼品,交纳商税。见此情景,他们前去向商旅打问:"这个地方的首领是谁?要借草地应当和谁去接洽?"商人们回答说:"这地方原先是一片荒野,商旅通行极不安全,常有霍尔国的盗贼拦路抢劫,人财难保。现在情况变了,从玛域玉隆松多来了一个名叫觉如的首领,他不是凡人,而是鬼神的主宰,具有翻天覆地的神通和镇伏三界的力量。你们要借草场,可以去找他。"

勇士们不敢去见觉如,了解情况后便返回原地。

派出去寻找草地的人陆续回来后,六大部立即集会。勇士们把玛域地区没有降雪,那里的主人是觉如,他们没有敢去接近觉如等情况原原本本报告给了在座的各部

降生人间

首领。到其他三个方向查看雪情、寻找牧地的勇士们回来后说所到之处全是一片雪原。

听完他们的报告,首领们纷纷议论起来。总管王吉本·戎擦查根和嘉擦霞嘎、擦香丹玛心里都明白,按照预言,现在就是迁居玛域的时候了。但是,他们都佯装不知,一言不发。最后,还是嘉擦霞嘎开口说道:"眼下,没有降雪的地方只有黄河源头的玛域地区,那里的主人又是觉如,岭国各部首领当中,我可以去一趟,但觉如这个人,行为不合世俗,想法跟别人不同,凡事自作主张,特立独行。所以,借草场的事,我一个人去恐怕不行,还得另外再派几位首领陪我一同前往,出面求情的事就包在我身上。"当时,有擦香丹玛、达戎部落首领超同、百户宛德玛鲁、嘉洛·敦巴坚赞、嘎德曲迥尉那等五人愿意同往。就这样,六位首领一同向玛域地区出发了。

他们六人刚到黄河源头下段的三岔口,就被觉如发现。为了让他们吃点苦头,当嘉擦霞嘎等人走到玉盖嘎惹查姆地方,能隐隐约约看见人影的时候,觉如便挺立

在山梁上,他往猫眼石抛石鞭中放入羊肚子那么大一块有念神依附的黑石头,在一箭射程之外唱道:

若不知此地叫什么,

这是玛域玉隆松多。

六名盗贼听我唱,

这片土地的掌管者,

大神有玛杰邦惹,

人中是我觉如王。

我们神人两方家畜兴旺,

上有野马和野牛的家园,

中有母鹿和鹿羔的领地,

下有凶猛虎豹的游乐场。

特别是在玉隆三岔口,

白天不见横行的强盗,

黑夜没有飘荡的鬼神。

那年拉达克商的货物,

遭到霍尔五贼的抢劫,

觉如我夺回所有财货,

抛石打死霍尔托托王,

并向商旅收取过路税。

从此以后过往的商客,

送我金银绸缎骡马等。

嘉那茶商一千人,

企图抢我枣骝马,

被我制服后和好安宁,

还承担建造城堡的工程。

今天来的六名盗贼,

突然闯入我的领地,

请看我手中的抛石鞭,

把你们炸成灰土。

觉如唱完,便像迅雷一样把抛石打出去,击中了白石山岩,把岩石打得粉碎,声音响彻整个谷地,震得超同和几位首领头脑受伤晕倒在地上,只有嘉擦霞嘎毫发未损。加擦霞嘎从怀里掏出一条"日日吉祥"的白色哈达,喊道:"尊贵的觉如啊!你的胸怀跟天一样宽广,在这玛域草原上,现在站立你对面的人,是你的哥哥嘉擦霞嘎。其他这五位勇士,都是岭国各部落的首领。"说罢,他唱道:

对来自岭国的首领,

你不该用石头来接待。

神子觉如请细听,

嘉擦我有话要说,

大雪覆盖了岭国各地,

牲畜受饥快要死完,

我们六部落的首领,

想从你这儿借块草场,

长则驻牧三年时间,

最短也需要六个月。

我们的这个请求,

希望觉如能够答应。

等嘉擦霞嘎唱完,觉如立即下山飞快地跑上前来,抓住嘉擦霞嘎的马缰绳,说道:"啊,原来是哥哥嘉擦霞嘎和岭国的叔父们,我没有认出来,千万不要见怪!快请到家里去。我们好好谈谈吧!我母子二人,住在强盗出没、魔怪作乱的地方,因而凡事都需小心。"说着把客人迎进家里。

觉如母子住的帐蓬,从外面看显得很矮小,里面却非常宽敞,摆设着茶叶和金银箱子,诸位首领都感到惊奇。觉如连忙端来奶茶和食物。吃过饭后,大家详细交谈,说明了来意。觉如给嘉擦霞嘎为首的六位首领每人赠送了一条白色的"日日吉祥"哈达和一枚金币。然后唱道:

各位首领请细听!

特别是嘉擦霞嘎要记住:

上师讲法如果有爱憎,

就很难完成度众之事;

降生人间

首领执法如果徇私情，

只会带来不好的声誉；

勇士上阵如果杀弱敌，

便不要指望立功受勋；

媳妇在家喜欢挑是非，

说明心胸狭隘无见识；

强者急着赶跑懦夫，

他的计策会马上失败。

前年你们把我撵走，

今年雪灾降到岭国，

既然能够驱逐觉如，

为何不能清理大雪。

你们听歌不要太认真，

我这是在说玩笑话。

形如雄狮腹部的黄河湾，

开满了鲜艳的花朵，

露珠点缀着一片片草叶，

根茎湿润生机盎然。

在这里英雄出入有暗道，

骑手赛马场地广阔，

姑娘舞蹈脚下平坦，

人畜都能如愿以偿。

玛域大地像一把黄金伞，

玛隆河谷是四面的帷幔。

以岭国的白银做曼陀罗，

玛域的白螺墙环绕周围。

你们赶快迁到这里吧！

永久驻牧也无妨，

若借三年有福可享，

不收你们任何费用，

因为我跟诸位有情分，

更要给哥哥留面子。

水晶山岩的宝库中，

现在存有七件宝藏，

建成的森珠达孜宫殿,

觉如其实并不需要它,

以后专让岭国摆宴席。

六大部的兄弟姐妹们,

就让他们赶快迁到这里吧!

若能听懂此歌是佳音,

没明白我也不唱两遍。

岭国各部的首领们,

请把这些话牢记心上!

听了觉如的歌,六位首领高兴地说:"太好了,我们现在回去就按你说的办。"

他们很快回到岭国,召集各部进行商议,最后由总管王吉本·戎擦查根宣布了迁居玛域草原的决定。

岭国各部叔伯兄弟们的城堡都分布在上、中、下各地,所以各部落指派专人留守堡寨。三十名首领的三十个大小部落的民众,也都派人前去查看道路,做好十二月十日统一迁往玛域岱雅达塘查姆集合的准备。

这一天，庞大的迁徙队伍终于出发了，从嘎阔山口往玛阔地方望去，各部落的人和牲畜就像夏日天空中的云，浩浩荡荡涌向玛域。

在一月初十这天，叔伯兄弟们都准时汇集到岱雅达塘查姆，人们都在想：现在，就看觉如怎样分配驻地和牧场了。以前同情觉如并与他走得近的人们都兴高采烈，与觉如作对过的人们则垂头丧气，特别是超同，因为曾经散布谣言，说觉如杀死了达戎部落的猎人，而那几个猎人在觉如被流放去玛域后没几天就回到了自己家里。想起这事，超同感到羞愧，他想对觉如求情，便邀请觉如到自己帐中，端上浓香的奶茶，摆满可口的点心，奉献肥美的羊肉,他恳求说:"侄儿啊,请你分给我一片好地方吧！"看那样子活像饿猫摇着尾巴向主人乞食。觉如回答说:"叔父呀，你不用担心！会分给你一块与别的部落的牧地完全不同的好地方。"

后来，在岭国各部集会的场合，觉如头戴他的黄羊皮帽子，唱着歌宣布了给各个部落分配驻牧草地的方案。

觉如分完驻牧的草地，岭国上、中、下各地大小部落的人们都赞叹说："董氏奔巴家族的后代，如果都像觉如这样就好啦！"随后，各部落起帐迁往自己新的牧地去了。

当时，超同虽然并不满意给自己部落分配的牧地，但也没有胆量说出来。阿丹和东赞等首领的部落分到了最好的牧地，对此，超同脸上的表情很不好看。但实际上，给超同分的地方，沟口虽窄狭，沟脑却十分宽阔，达戎部落九百个帐圈，都有冬夏两季交替放牧的草场，因此，超同也安心地住了下来。

岭国民众迁居玛域以后，在当地守护神的保佑下，穷者变富，弱者渐强，都过上了幸福的生活。后来，听说十五日这一天，觉如要从玛杰邦惹（阿尼玛卿神山）的下部打开宝藏，岭国各部的人们都聚集到了那里。这时，空中降下缤纷的花雨，天边升起彩虹，地上飘来馨香，各种奇异的征兆瞬间出现。宝藏的库主献出水晶宝库大门的钥匙，觉如上前打开库门，取出的宝物有黄金释迦牟尼像、

降生人间

海螺观音菩萨像、松耳石自在度母像、声音远扬的法螺、清晰放光的法鼓、如雷轰鸣的铙钹、战神依附的法旗等，另外还有忿怒黑业依怙、黑袍自在怙主、七对摩尼宝珠和用金汁写成的多部佛经，这些都由长系部落的勇士们迎请到了森珠达孜宫殿中，作为岭国的公有宝物。

完成这一切后，觉如却骑着他的白柳木手杖，飞也似的向玉隆松多方向奔去。

2018年8月21日藏历第十七绕迥土狗年具醉月（七月）闰初十完稿）

后 记

《〈格萨尔〉史诗简明读本》是我到青海省文联工作后开始编译的。之前,在青海省政协机关工作期间,我多次聆听过曾在省委重要领导岗位工作并先后担任省政协主席的桑结加、白玛、仁青加、多杰热旦和省政协副主席仁青安杰(中国佛教协会副会长、青海省佛教协会会长)等领导在有关会议和活动中,对如何传承和弘扬民族优秀文化遗产、重视《格萨尔》的发掘整理、探索格萨尔文化的发展途径、向世人生动展示《格萨尔》的魅力等重要的讲话,而且有机会单独与他们就格萨尔史诗传承与发展进行交流,使我受到启发和教育。2017年初,在我即将到省文联从事《格萨尔》工作之际，时任青海省政协常务副主席的王小青（原省委常委、省委秘书长）对我寄予殷切希望，他说："《格萨尔》是世界上最长的史诗，在藏族和其他一些少数民族地区广泛流传，但是，在汉语读者中除了学术文化领域之外没有得到有效传播，你到省文联从事《格萨尔》工作以后，应该在这部史诗的推广普及方面多下一些功夫，最好是有计划、有重点地翻译和编写一套格萨尔史诗的普及性读物。"

2017年3月，青海省文联《格萨尔》工作专题会议上，省文联党组书记、主席班果强调指出："作为我国藏族历史文化的百科全书，作为世界文化遗产的格萨尔史诗，只有做好翻译工作才能走出目前只在藏族文人或者个别学术圈内利用、参考、研究的局限，使更多的地区、更多的民族认识和了解它，这样才能成为全人类共同的优秀文化成果，从局部'家喻户晓'变为世界各地各民族'人人皆知'。"

2019年8月，青海省文联副主席、省作家协会主席梅卓对我提出："《格萨尔》工作应该突破传统思维定势，创新工作思路，贵在积极探索和尝试新的方法和举措。比如，对《格萨尔》不同版本进行梳理，与其他史诗进行比较研究；让电影、电视、戏剧等不同艺术表现形式在《格萨尔》非遗传承中发挥更大作用；重视《格萨尔》翻译工作，选择经典版本和经典故事，把它翻译成汉文甚至外文，以通俗易懂的语言，符合现代人的阅读习惯和大众化审美需求的情节，讲好格萨尔王的故事。"

各级领导和专家学者对《格萨尔》工作的重视和提出的新希望新要求，让我这个刚刚加入《格萨尔》史诗保护和研究行列的新手深感振奋、备受鼓舞，在工作中找到了自己今后应该努力的方向——编译《〈格萨尔〉史诗简明读本》丛书。

我的这一设想得到青海人民出版社总编辑、著名诗人王绍玉（马非）和编辑、诗人王伟的认同和极大支持，我们共同商量做出了一项计划，由我每年从《格萨尔》部本中选择编译两本简明读本，青海人民出版社负责编辑出版。我以为，如果把他们的这份热情仅仅看作是对我个人工作的帮助，那我就太狭隘了，这其实是对代表古代藏族民间文化和口头叙事传统文学的最高成就的英雄史诗《格萨尔》，在新时代背景下发挥文化传承和文化创新作用，弘扬民族优秀传统文化、维系人类文化多样性的有力举措。

全国《格萨尔》工作领导小组办公室主任诺布旺丹博士为这个丛书撰写的序言，既有深度又有高度，这不仅是他对编译者的鼓励，更重要的是表明了全国《格萨尔》工作领导小组办公室对《格萨尔》普及工作的重视和对简明读本编译工作的积极倡导。富有经验的插图画家秀贝女士怀着对格萨尔王的崇敬之情，用画笔描绘出一幅幅生动的史诗场景，使本书内容更加活泼形象。

我给自己制定的计划，不管能做到什么程度，唯一的愿望是把它坚持下去。

《格萨尔》的神奇不在于它是当今世界上最长的史诗，而是因为它以活的形态的方式被一代又一代民间艺人所传唱,而且仍在不断出现新的故事、新的内容。每一个《格萨尔》的部本或分章本,由不同时期、不同地区的不同艺人演绎出各具特色的不同版本,不论是以前珍藏的手抄本、木刻本还是现在挖掘整理出版的版本,或者最新根据艺人说唱记录的文本,同一个部本(分章本)各种文本的基本框架大致相似,但是故事情节没有完全相同的,叙述风格各有特点,内容篇幅简繁不等。为此,在编译《〈格萨尔〉史诗简明读本》的过程中,需要参考同一个《格萨尔》部本的好几种藏文版本,从中选择一些典型故事和具有代表性的事件以及人物的精彩对白和唱词等,我还对照参考了一些《格萨尔》汉译本,尽量做到译文表述方式和人名、地名等词汇、术语的统一。

本人才能和精力十分有限,编译不当和遗漏之处肯定很多,希望得到《格萨尔》学界的专业人员和热爱格萨尔文化的读者及朋友的宽容和谅解。

久美多杰

2019 年 12 月 于西宁